KB103922

점, 선, 면 다음은 마음

사물에 깃든 당신에 관하여

점, 선, 면 다음은 마음

이현호

사물에 깃든 당신에 관하여

도마뱀

이 책을 읽는 당신을 상상한다. 배경은 집 안. 당신은 침대에 조용히 누워 있다. 돋운 베개에 고개를 받치고, 이불 밖으로 삐져나온 손끝으로 책장을 넘긴다. 침대 한쪽에는 당신의 꿈자리를 지키는 인형이 두엇쯤. 머리맡 옆 작은 탁자 위에는 목이 긴 스탠드가 서 있다. 은은한 스탠드 불빛이 밝힌 벽면에는 당신이 좋아하는 그림, 영화 포스터, 브로마이드 등이 붙어 있다. 수족관같이 고요한 방 안에서는 이따금 책장이 바스락거리며 넘어가는 소리만 들린다.

당신은 소파에 앉아 책을 읽을 수도 있다. 소파 맞은편에서는 불 꺼진 텔레비전 화면이 거울같이 당신을 비춘다. 그 옆으로는 꽃병, 가족사진, 실내장식 소품 등이 아기자기하다. 이것들을 올려놓은 받침대 서랍에는 건전지 따위의 잡동사니가 들어 있다. 가끔 당신은 책에서 눈을 떼고, 낯익디낯익은 이 풍경을 무심히 바라본다.

침대도 소파도 아니라면, 당신은 식탁 의자에 앉아 있을까. 한 손으로는 아직 김이 나는 찻잔의 손잡이를 잡은 채. 당신은 온갖 가재도구가 침묵하는 가운데 한 장 한 장 책장을 젖힌다.

침대, 베개, 이불, 인형, 스탠드, 소파, 텔레비전, 건전지, 탁자, 의자, 찻잔 등등. 책을 읽는 당신 곁에 이토록 많은 사물이 있다. 나는 당신을 둘러싼 집 안 사물들의 목록을 쉬지 않고 적어 내려갈 수 있다. 도마, 칼, 가위, 주걱, 국자, 뒤집개, 그릇, 수저, 포크, 냄비, 세제, 수세미…. 당신의 식탁 근처 싱크대에 있을 법한 물건들이다. 집 안을 구석구석 둘러보면, 우리가 평소 그 존재조차 잊고 지냈던 사물들이 마치 마술사 모자 속 토끼처럼 계속 튀어나올 테다.

어느 날 나는 손톱깎이를 찾으려고 여기저기를 뒤지다가 좁은 집 안에 이렇게나 많은 사물이 있음을 깨닫고 놀랐다. 부모님의 하얗게 센 머리가 불쑥 눈 속에 와 박혔던 그때처럼. 혹은 보지 못한 돌부리에 발이 걸려 넘어지듯이.

이 숱하디숱한 사물은 대체 언제 어디서 내게 온 것일까. 나는 사물들에 에워싸여 있었고, 그 포위를 벗어나서는 살 수 없었다. 집은 사람이 살기 위해서가 아니라 사물을 보관하는 데 필요한 것이었다.

이 책은 사물에 관한 이야기다. 특히 나와 동거하는 사물들이 주인공이다. 또한 늘 곁에 있지만, 곧잘 모른 체했던 마음에 관한 고백이기도 하다.

숟가락, 젓가락, 주걱, 밥그릇, 밥솥 따위의 살림살이가 없다면 우리는 밥 한 끼조차 제대로 해 먹을 수 없다. 이렇게 사물에 의지하지 않고는 생활할 수 없듯이 삶도 어떤 마음에 기대지 않고는 꾸려 나가기 힘들다. 그런데 나는 방 한구석에 처박아 둔 채 아주 까먹은 물건처럼 자주 그 마음들을 잊고 살았다.

책을 쓰며 집 안 곳곳을 톺아보았다. 나한테 이런 게 있었나. 이게 왜 여기에 있지. 이건 뭐지. 와, 이게 여기에 있었네. 이런 당혹함을 느낄 때마다, 나는 부끄러웠다. 내 마음 씀씀이가 적나라하게 드러났기 때문이다.

사물들은 저마다 사연을 품고 있었고, 그들은 내게 무언가 할 말이 있는 듯했다. 한편으로는 용도에 따라 생김새가 천차만별한 사물들을 보며, 그와 똑 닮은 어떤 마음들이 떠오르기도 했다.

글을 쓰기 전에는 손톱을 바싹 깎는다. 손톱으로 자판을 두드리면 장갑을 끼고 건반악기를 연주하는 것처럼 불편하기 때문이다. 방금도 책상 앞에 앉기 전에 손톱을 짧게 깎았다. 그리고 손톱깎이는 작은 상자에 넣어두었다. 손톱깎이는 내가 온 집 안을 헤집으며 찾았었던 그것이다.

손톱깎이가 자리를 튼 상자에는 원래 선물 받은 팔찌가 들어 있었는데, 그 팔찌는 올여름 길거리 어디에서 칠칠하지 못하게 흘려버렸다. 그날 문득 손목이 허전한 것을 깨닫고는 왔던 길을 되짚으며 샅샅이 훑었지만, 끝내 찾지 못했다. 손톱깎이야 밖에 들고 다니지 않으니, 쓰고 제자리에 두기만 하면 팔찌처럼 잃어버리는 일은 없을 테다.

손톱은 가만히 두어도 매일매일 자란다. 나는 며칠에 한 번씩 작은 상자를 열고, 나도 모르게 자란 손톱을 딸깍딸깍 깎는다. 평생 이어질 일이다. 그러고 보면 손톱깎이도, 팔찌도, 작은 상자도 삶의 어느 한 면을 비유하는 듯하다.

부러 기르지 않아도 자라나는 마음, 언제 어디서 잃어버렸는지 알 수 없는 마음, 잃어버렸는지도 모르는 마음, 한때 내 것이었으나 지금은 낯선 마음, 다시 찾고 싶으나 돌이킬 수 없는 마음, 수시로 잘 있는지 확인하고 싶은 마음, 애써 돌려세운 마음….

방에 숱한 사물이 있듯이 우리 안에도 각양각색의 마음이 산다. 어떤 마음은 손톱을 깎듯이 자주 잘라주어야 하고, 어떤 마음은 잊지 않도록 소중히 돌보아야 한다. 이를 악물고 끊어 내야만 하는 마음도 있다. 마음이 없는 사물들이 알려준 마음의 일이다.

『점, 선, 면 다음은 마음』에 나오는 사물은 여느 집에나 있는 흔하디흔한 것이다. 흔하다는 것은 누구에게나 없어서는 안 될 만큼 꼭 필요하고, 또 중요하다는 뜻이다. 기쁨, 분노, 슬픔, 두려움, 사랑, 미움, 욕심 등 사람이라면 누구나 겪는 감정도 다르지 않다.

이 책은 흔해 빠진, 그래서 각별한 마음에 관한 이야기다.

차례

1부

혼자 먼저 건네는 인사같이

사물 편지

시디

집을 청소하다가 잡동사니를 모아놓은 상자에서 몇 장의 시디를 찾았습니다.

당신과 함께 듣던 것들입니다.

오랜만에 한번 들어볼까 했는데, 인제 내게는 시디플레이어가 없었습니다.

시디들을 다시 제자리에 가만히 내려놓았습니다.

그런데 틀지 않아도 자동으로 재생되고, 귀로 듣지 않아도 들렸습니다.

온종일 청소했는데,

그 소리만은 아무래도 깨끗이 지워지지 않았습니다.

기다림의 무게

스마트폰

오래전에 외로웠던 사람은 마을 어귀까지 나가 기다렸다. 종일 대문 앞을 서성거렸다. 이제나저제나 우편함을 들추어 보았다. 집 전화기 앞에 쭈그리고 앉아 벨이 울리기만 바랐다.

지금은 스마트폰 하나가 이 많은 기다림의 형식을 전부 갈음한다. 진동음과 벨 소리가 그의 인기척, 문자메시지가 편지를 대신한다. 스마트폰을 멀찍이 밀어놓을 수 없는 이유이다.

예전에는 스마트폰 없이도 잘 살았는데, 지금은 스마트폰 없는 삶을 상상할 수 없다. 물건도 사람도 아예 그 존재를 몰랐을 때는 상관없지만, 한번 겪은 다음에는 이전으로 돌아가기 힘들다. 든 자리는 몰라도 난 자리는 표가 난다. 그것도 몹시 절절하게.

스마트폰은 휴대폰이나 핸드폰이라는 이름으로도 곧잘 불린다. 내가 휴대폰처럼 몸에 지니고 다니는 것은 외로움이다. 핸드폰처럼 손에서 놓지 못하는 것은 기다림이다.

스마트폰을 자주 들여다보는 이는 외로운 사람이다. 외로운 사람은 기다리는 사람이다. 기다리는 사람은 다시 외로운 사람이다. 내가 스마트폰을 곁에서 떼어놓지 못하는 까닭은 사랑해서가 아니다. 그것이 당신과 나를 이어주기 때문이다.

스마트폰이 생기고 기다림의 방법은 매우 간단해졌지만, 기다림의 무게만큼은 여전하다. 지난날에는 여러 방식으로 나누어서 졌던 기다림의 무게를 요즘은 스마트폰 혼자서 꼬박 짊어진다.

누구나 더욱더 가벼운 스마트폰을 찾는 것은 그래서일까. 손에 쥐고 있는지도 모르게 가벼운.

그러나 아주 손에서 놓지는 못하고.

마음과 태그

옷

빨래가 끝난 옷을 세탁기에서 꺼낸다. 물기를 머금은 옷들이 묵직하다. 아무리 오래 탈수해도, 한번 물에 젖은 옷의 습기는 말끔히 털어지지 않는다. 어떤 기억이나 해묵은 감정도 그렇다.

건조기가 있으면 일이 쉽겠지만, 우리 집에는 그것을 들여놓을 공간이 없다. 건조기가 차지할 자리만큼 물건을 들어내야 한다. 무엇이든 채우려면 그만큼 비워야 하는데 그러기가 쉽지 않다.

자리가 있어도 냉큼 건조기를 사지는 않을 듯싶다. 빨래를 탈탈 털어 건조대에 너는 일이 즐거워서다. 수건 따위가 팡팡 소리를 내며, 허공중에 작은 물방울을 날리는 것을 보면 괜스레 기분이 좋다. 내게 들러붙어 있던 안 좋은 기억이나 감정도 함께 떨치는 듯하다. 건조기의 편리에서는 느낄 수 없는 맛이다.

팡팡. 힘껏 털어서 주름을 편 빨래를 건조대에 너는데, 문득 뒤집힌 옷의 태그가 눈에 들어온다. 그러고 보니 빨래할 때 옷에 달린 태그를 꼼꼼히 살핀 적이 없다. 빨래통에 마구잡이로 모아놓은 옷들을 그대로 세탁조에 쏟아부었다. 비싼 옷이 없어서일까.

값비싼 것이든 아니든 빨래는 빨랫감을 새것처럼 깨끗하게 되돌리고자 하는 일이다. 그런데 태그를 들여다보지 않은 내 무심함 때문에 세탁할 때마다 도리어 상해버린 옷이 많았을 것 같다.

이참에 옷에 붙은 태그를 하나하나 살펴본다. 옷마다 세탁법과 건조법과 주의할 점이 천차만별하다. 물건인 옷도 이렇게 섬세하게 다루어야 하는데, 하물며 사람의 마음이야. 가슴속에서 온갖 마음을 꺼내 볼 수 있다면, 거기에는 이런 태그들이 붙어 있지는 않을까.

슬픔은 구김이 잘 생깁니다. 구김이 가지 않게 모양을 잡은 다음 평평한 데 눕혀서 건조하십시오. 천천히 오래 그늘에 말리는 것이 좋습니다. 고온에 유의하십시오.

사랑은 모양이 잘 변합니다. 형태를 바로잡으려면 뜨겁게 다림질해주시기 바랍니다.

욕심은 이염되기 쉽습니다. 즉시 세탁, 단독 세탁하십시오.

귀찮음은 바람이 잘 통하는 곳에서 말리십시오.

분노는 찬물이나 미지근한 물로 가볍게 손세탁하십시오.

우울함은 세탁이 끝난 후 바로 세탁기에서 꺼내야 주름이 가는 것을 막을 수 있습니다. 변형의 우려가 있으니 젖은 상태에서는 절대로 잡아당기거나 늘리지 마십시오.

세탁소에 맡기는 옷이 따로 있듯이 어떤 마음에는 이런 태그도 붙어 있을 테다.

이 마음은 전문가에게 세탁을 맡겨야 합니다. 취급 지침을 준수합시오. 부득이 집에서 세탁할 때는 반드시 전용 세제를 쓰시기 바랍니다.

낡고 해어지기를

실내화

나는 집에서 실내화를 신는다. 고양이를 기르면서부터 그랬으니 칠팔 년쯤 되었다. 없던 습관이 갑자기 생긴 것은 사막화 때문이다.

사막화는 볼일을 마친 고양이가 그 위를 모래로 덮어 흔적을 지울 때 사방으로 모래가 튀며 먼지가 일어나는 것을 일컫는다. 말 그대로 집 안이 사막이 되어가는 것을 뜻하는 고양이 집사들의 은어다. 사막화를 막자면 부지런히 방바닥을 쓸고 닦아야 하는데, 나는 천성이 부지런함과는 거리가 멀다. 그래서 눈 가리고 아웅 식으로 실내화를 신기 시작했다. 발바닥에 직접 모래 먼지가 들러붙지 않으면 견딜 만하다는 게으른 생각에서다.

사는 사람은 나 하나뿐이건만 집에는 실내화가 여덟 켤레나 있다. 두 켤레는 내 것이고, 나머지는 손님용이다. 손님용은 봄가을,

여름, 겨울 슬리퍼가 큰 것과 작은 것으로 두 짝씩이다. 언제 누가 손님으로 올지 모르니 나름 신경을 쓴 것이다. 여섯 켤레의 실내화는 현관을 열고 들어오면 바로 눈에 띄는 곳에 가지런히 놓여 있다. 출발 신호를 기다리는 달리기 선수처럼.

의복 중에서 제일 더러운 것은 신발일 테다. 가장 낮은 곳에서 우리를 신고 다니는 신발. 신발은 발을 보호하며, 발바닥이 직접 닿고 싶지 않은 데를 대신 밟는다. 신발은 우리를 갓난아이처럼 업고 다닌다. 고마운 물건이다.

그런데 우리 집 손님용 실내화에는 그 고마움을 느낄 일이 없다. 그것들은 이곳에서 가장 깨끗한 물건이기 때문이다. 손님용 실내화는 산 지 여러 해가 지났지만, 입때껏 새것이다. 그것들은 효용을 다하지 못한 채 실내장식 소품처럼 현관 앞에 머물러 있다.

집에 손님이 찾아올 때마다 발에 모래나 고양이 털이 묻을 수 있으니 실내화를 신으라고 권하는데, 아직 한 사람도 그것을 신은 적이 없다. 괜찮다며 정중히 사양하거나 방바닥이 깨끗해서 그럴 필요가 없겠다며 말이다.

그저 거추장스러워서일까. 실내화를 신으면 우리 집이 지저분하다고 인정하는 꼴이 되기 때문일까. 돌이켜보면 나는 사무실이 아닌 살림집에서 실내화를 신으라는 권유를 받은 적이 없다. 그래서 내 말이 손님들에게 어떻게 들릴지 모르겠다. 내가 좀 유난스럽게 느껴질까.

새 신발이 여섯 켤레나 있으니 좋은 일 같은데, 웬일인지 기쁘지 않다. 누군가를 위해 정성껏 음식을 차렸는데, 그가 몇 입만 뜨고 수저를 내려놓을 때의 기분이랄까.

"괜찮아. 깨끗한데, 뭘."이라는 말에 담긴 배려는 고맙지만, 다음에 올 손님은 마구 실내화를 신어주었으면 좋겠다. 실내화가 다 닳도록 당신이 나를 찾아와도 좋을 것이다. 만약 내가 신발에 관한 시를 쓴다면, 그 시 속의 신발은 분명 발바닥의 체온을 그리워할 테다.

여섯 켤레의 실내화를 현관 앞에 단정히 정리한다. 한 발짝 떨어져서 보니 그것들은 꼭 주인의 발소리를 기다리며 종일 문 앞을 지키는, 충직한 개를 닮았다.

슬리퍼의 뻥 뚫린 입이 침묵을 짓고 있다. 아니, 하품일까.

반가운 죽음

사진

"별일 없지?"

이른 아침. 꿈에 내가 나왔다며 친구가 안부를 물었다.

"아침부터 무슨 별일이 있겠어. 나야 뭐, 늘 똑같지."

"별일 없다니 다행이다."

사실 가끔 별일도 생겨야 사람이 살맛도 나는 거라고, 나는 속생각을 하며 친구에게 되물었다.

"무슨 꿈이었길래 그래?"

"꿈에 네가 죽었어. 그런데 네가 죽으면서 이런 말을 남기는 거야. 우리 둘이 찍은 사진이 하나도 없는 게 후회된다고. 그래서 내가 막 울면서 온갖 사진첩을 다 뒤졌는데, 진짜 같이 찍은 사진이 하나도 없더라. 네가 죽은 데다가 그게 또 너무 슬퍼서 아주 펑펑

울다가 깼어."

"멀쩡한 사람을 자기가 꿈에서 죽여놓고, 울기는 또 왜 울어. 요즘 기술도 좋은데, 사진 합성이라도 하지 그랬어?"

"쯧쯧. 어쨌든 찝찝해서 해몽을 좀 찾아봤는데, 꿈에서 죽는 건 좋은 일이래. 그래도 다음에 만나면 같이 사진 한 장 찍자."

"간지럽게 사진은 무슨. 그리고 사람 죽는 게 뭐 좋은 일이야. 네 말대로 그런 꿈을 꾸고 나면 괜히 찝찝하니까 누가 지어낸 거지. 그런 미신을 믿을 거면, 한가하게 내 꿈이나 꾸지 말고 돼지꿈을 꿔."

아침부터 실없는 소리를 한다며 그를 핀잔하면서도, 나는 속으로 피식 웃었다. 이렇게라도 오랜만의 안부를 묻는 것이 좋았다.

내가 꿈에서 한 번 죽는 것으로 소원했던 관계가 다시 이어질 수 있다면, 당신의 꿈속에서 나는 얼마든지 죽고 싶다. 당신은 내 꿈에 놀러 오지 않은 지 오래되었다.

우리가 함께 찍은 사진은 이제 없다. 당신을 기억하고 싶지 않았기 때문이다. 그래도 불쑥불쑥 솟아나는 그리움은 여전하다. 사진으로 남기는 것이 기억하고 싶은 순간이라면, 그리움으로 남는 것은 기억할 수 없게 된 미래였다. 과거도 될 수 없는 미래였다.

꿈에서나 볼 수 있는 그 미래에서 우리는 서로의 안부를 묻지 않는다. 한 장의 사진에 담긴 것처럼 아주 가까이 있기 때문이다.

원래 그래

도마

"배송이 완료되었습니다. 상품을 문 앞에 놓아두었습니다. 분실 우려가 있으니 바로 확인 부탁드립니다." 문자메시지가 왔다. 빼꼼 현관문을 연다. 큰 종이봉투 하나가 문 옆에 놓여 있다. 두 손으로 끌어안아 올리는데, 무게가 제법이다. 별로 든 것도 없는데, 괜히 무겁기만 한 것이 꼭 내 생활 같다. 나는 행여 밑이 터질세라 아기를 안듯이 조심스레 그것을 받쳐 든다. 그러고 간신히 손가락을 꼼지락거려서 그새 닫힌 문의 손잡이를 잡는다. 고작 두세 발짝 움직였을 뿐인데, 끙 앓는 소리가 절로 난다.

종이봉투 안에 있던 것들을 식탁 위에 꺼낸다. 고무장갑, 수세미 따위의 주방용품과 김치, 김, 달걀, 라면 등 먹을거리다. 찬장으로, 냉장고로, 그것들을 제자리에 놓는다. 마지막으로 포기김치를 그대로 냉장고에 넣으려다가 멈칫한다. 이번에는 잘 썰어서 넣어놓아야지. 경험상 포기째 냉장고에 넣은 김치는 여러 날 안 먹게 된다. 김치를 먹으려고 냉장고를 열었다가도 당장 썰기가 귀찮아서 그냥 안 먹고 만다. 나는 미래의 내가 먹을 김치를 미리 썰어 두기로 한다. 귀찮음은 잠깐이지만, 그 귀찮음을 무릅쓰고 한 일의 결과는 오래 남는다.

도마를 싱크대에 올리고 그 위에 비닐을 덮는다. 도마에 김칫국이 배는 것을 막기 위해서다. 그리고 도마 위에 포장을 뜯은 포기김치를 척 올린다. 칼날 가운데 구멍이 숭숭 뚫린 채소용 식칼로 총총총 김치를 썬다. 도마 위로 김칫국이 흠뻑 배어난다. 도마 밖으로 흘러나오려는 김칫국을 훔치며, 손가락 두 마디쯤 크기로 썬 김치를 반찬통에 옮겨 담는다. 작은 반찬통이 금세 김치로 꽉 찬다. 별일도 아닌데 괜스레 뿌듯하다. 다시 빈 반찬통을 도마 옆에 놓고, 총총총, 김치를 썰고 담는 일을 서너 번 반복한다. 막상 하고 나면 그리 귀찮지도 않은 일을, 왜 자꾸 미루는지. 그러나 언제나 반성은 짧고, 망각은 길다. 다음에도 이런 부지런을 떨 수 있을지 자신이 없다.

빈 반찬통에서 이제는 김치통이 된 것들을 냉장고에 넣는다. 이왕 김치도 썬 겸에 라면이나 하나 끓일까 하다가 그만둔다. 싱크대 뒷정리가 남았다. 인제 와서 일을 미룰 수야 없지. 다시 싱크대 앞으로 간다. 조심한다고 했는데도 도마 주변으로 김칫국이 흥건하다. 언제 튀었는지 싱크대 앞 바닥에도, 주방 벽면에도 군데군데 김칫국이 묻었다. 김치를 자를 때는 몰랐는데, 지금 보니 무슨 재난이 휩쓸고 간 자리 같다. 행주로 그것들을 닦고, 행주를 빨아서 다시 닦는다. 이 일을 여러 번 되풀이하고 나서야 주방이 원래의 모습을 되찾는다.

집안일은 정말이지 반복의 연속이다. 방바닥을 쓸고 닦고, 쌓인 먼지를 털고, 빨래하고, 설거지하고…. 이런 일들을 평생 하고 또 한다. 지루한 일이지만, 우리 삶을 지탱하는 중요한 일들이 대부분 그렇다. 설거지하지 않으면 밥을 놓을 데가 없고, 빨래하지 않으면 입을 옷이 없다. 집안일은 며칠만 미뤄도 금방 티가 나고, 일상에 지장이 생긴다. 하루가 여느 때와 같이 흘러간다는 것, 집 안이 늘 한결같다는 것은 누군가 저 지루한 반복을 묵묵히 견디고 있다는 뜻이다. 지구를 공전하는 달처럼 말없이 곁에 머물며 보살펴주는 이가 있다는 것이다. 물론 혼자인 사람은 자전하며 스스로 돌봐야 한다.

무엇이든 반복되면 그것을 당연하게 여기게 된다. "원래 그래."라는 말. 그러나 원래부터 그런 일은 별로 없다. 잊고 있다 뿐이지 반복되는 일에는 그만한 사연이나 까닭이 있다. 문학에서 '반복법'은 어떤 말을 강조하고 싶을 때 흔히 쓰는 수사법이다. 오래도록 사람들의 입에 오르내리는 잠언이나 귀에 못이 박히도록 듣는 잔소리도 그렇다. 무언가 반복된다는 것은 그만큼 중요하다는 뜻이다. 우리는 계속 되풀이되는, 원래 그런 것들의 힘으로 삶을 이어간다. 밥통이 밥을 짓고, 세탁기가 빨래를 돌리는, 너무나 당연한 일들의 도움으로.

도마를 덮었던 비닐을 걷어낸다. 칼질하며 힘 조절이 서툴렀는지 비닐 여기저기에 칼집이 나 있다. 그 진집으로 스며든 김칫국에 도마가 벌겋게 물들었다. 그간 칼질을 받아내며 곳곳이 팬 도마가 김칫국을 뚝뚝 흘리는 것을 보니, 생채기를 입고 피를 쏟는 생물 같다. 묵묵히 제 일을 거듭하는 사물 중에서도 도마에는 좀 처참한 면이 있다. 그저 온몸으로 칼날을 받아내며, 베이고 또 베이는 일. 그것이 도마가 겪는 지루한 반복이다. 불현듯 누군가의 얼굴이 떠올라서 마음이 짠하다.

주방 창문을 열고, 깨끗이 씻은 도마를 그 앞에 세워 둔다. 햇빛으로 도마를 말리고, 소독한다. 도마에 햇빛을 쏘이면, 신기하게도 김칫국 얼룩이 말끔히 사라진다. 미안함에 얼룩진 마음도 햇볕에 내어 말릴 수 있으면 좋겠는데. 그럴 수는 없으니, 대신 나는 그 얼굴을 거듭거듭 머릿속에 되새긴다. 불교에서 백팔배를 하는 것처럼, 기독교에서 때마다 주기도문을 외는 것처럼. 마음이 금세 지루해지는 것을 보니, 그 얼굴이 얼마나 중요한지 알겠다.

시절인연

선풍기

계절이 바뀔 적마다 집 안을 드나드는 것들이 있다. 이불과 냉난방기가 그렇다. 날이 더워지면 솜이불과 가습기는 작은 창고로 물러나고, 그 자리를 홑이불과 선풍기가 차지한다. 창문을 열면 오스스 몸이 떨리는 철이 되면 다시 그들의 처지는 뒤바뀐다. 창고에서 방 안으로, 방 안에서 창고로. 그들은 때마다 바통터치를 하듯이 서로가 서로에게 제자리를 내어준다. 선거 때마다 시끄러운 뉴스에 비하자면, 저 사물들의 자리바꿈은 한없이 조용하고 평화롭다.

오늘은 벽 한쪽에 밀어놓고 치우기를 미루었던 선풍기를 닦았다. 이제는 날씨가 제법 선선해져서 창고로 옮길 때가 되었기 때문이다. 여남은 여름을 나와 견뎌낸 선풍기. 아무리 닦아도 반짝반짝 윤이 나지는 않았다. 원래부터 이런 색이었는지, 플라스틱도 바랠 수 있는지, 색이 누렜다. 모터가 있는 부분은 어디에 긁혔는지 자잘한 생채기가 여럿이었다. 위아래로 하는 고갯짓에는 힘이 없는데, 좌우로 하는 고갯짓은 오십견을 앓는 듯 뻣뻣하니 소음이 심했다.

사양이 적혀 있는 스티커를 보니 2007년 5월에 생산된 중소기업 제품이었다. 이제 열다섯 살쯤 되었는데, 벌써 골동품 같다. 그러나 골동품도 골동품 나름. 거저 가져가라고 내놓아도 아무도 거들떠보지 않을 것이 틀림없다. 약풍 버튼은 쑥 들어가서 누를 수 없고, 앞 덮개와 뒤 덮개를 결속하는 고리도 다 부러져 대신 그 자리에 케이블타이를 묶어놓았으니 말이다. 앞으로 이 선풍기와 몇 번의 여름을 더 같이할지. 남은 시간이 많지 않은 것만은 분명하다.

여름이면 습관적으로 창고에서 선풍기를 꺼내지만, 실제로 쓰는 일은 별로 없다. 몇 년 전, 된더위를 이기지 못하고 에어컨을 샀기 때문이다. 올여름도 더위가 한풀 꺾인 다음에나 잠시 썼을 뿐이다. 그런데도 나는 왜 고물 선풍기를 버리지 못하는 것일까. 어쨌거나 아직 바람은 잘 나온다는 것이 표면적인 이유이지만, 그보다는 힘든 시절을 함께한 동지애가 더 큰 듯하다. 에어컨을 사기 전까지 무더위와 싸우는 것은 오로지 선풍기의 몫이었다.

환기도 잘되지 않는 반지하 방의 여름을, 푹푹 찌는 옥탑방의 여름을, 선풍기는 나와 함께 견뎠다. 이렇게 더워서야 사람 사는 꼴이 말이 아니라며 내가 숨 막혀 할 때, 그렇게 생각하지 말라며 열심히 고개를 가로저은 것도 선풍기였다. 한여름에 우리 집을 찾아와 땀을 삐질삐질 흘리던 애인에게 그나마도 덜 미안할 수 있었던 것도 선풍기 덕이다.

이마가 젖도록 땀을 흘리며 자는 애인 쪽으로 선풍기를 정지해놓고 잠든 밤. 열대야에 문득문득 잠에서 깨면, 선풍기 스위치는 어느새 회전에 맞춰져 있었다. 나는 다시 선풍기를 애인 쪽으로 멈춰놓고, 애인은 다시 그것을 회전시키는 일이 밤새 몇 번이나 되풀이됐다. 우리는 정지와 회전 스위치를 번갈아 돌리며 서로에게 바람한 줌이라도 더 보내려고 했다. 짠 내 나는 궁상맞은 광경이지만, 지금 돌이켜보면 그때가 나쁘지만은 않았다. 애인은 내가 에어컨을 사기 전에 떠나갔다.

불교에 '시절인연(時節因緣)'이라는 용어가 있다. 사람의 인연이나 사물의 현상은 모두 인과율에 따라 제때가 되어야 일어난다는 뜻이다. 애인과 함께했던 그 여름밤의 열기를 기억하는 선풍기. 다시 창고로 긴 휴가를 떠나는 선풍기는 내게 모든 것이 시절인연임을 알려준다. 선풍기는 바람을 차갑게 하지 않는다. 다만 방 안의 공기를 앞으로 밀고 또 밀어낼 뿐이다. 그렇게 내 달뜬 몸을 식히며 스쳐 간 바람이 있어서, 지나간 여름들은 살 만했다.

너의 이름은

쓰레기통

우리 집에는 쓰레기통이 네 개 있다. 침대가 있는 작은 방, 작업실로 쓰는 큰 방, 싱크대 옆, 그리고 화장실에 모양도 크기도 제각각인 쓰레기통이 하나씩이다. 발길 닿는 데마다 쓰레기통이 있는 것은 순전히 게으름 탓이다. 집 안에서도 쓰레기를 버리러 가는 몇 걸음이 못내 귀찮아서다.

쓰레기통이 여럿이라고 쓰레기가 많이 나오는 것은 아니다. 혼자 사는 집에서 무슨 대단한 쓰레기가 나올 리 없다. 분리수거하는 플라스틱, 캔, 유리병 등은 따로 밖에 내어놓으니 쓰레기통에 들어가는 것이라야 대부분 휴지다. 그것 말고는 이런저런 상품의 포장, 머리카락, 티끌 따위다.

쓰레기통을 휴지통이라고도 하는 것은 그래서일 테다. 특히나 작은 방과 큰 방에 있는 쓰레기통은 휴지통이라는 말이 더 어울린다. 쓰레기통 옆에 두루마리 휴지를 두고 그때그때 쓰고 버리기 때문이다. 화장실 쓰레기통도 마찬가지다.

싱크대 옆에 있는 것은 말 그대로 쓰레기통에 가깝다. 휴지에 더해 온갖 먹을거리의 포장, 달걀 껍데기처럼 일반 쓰레기로 분류하는 음식 찌꺼기 등이 거기에 버려진다. 한집에 있는 쓰레기통인데도 있는 자리에 따라 이렇게 처지가 다르다.

쓰레기통과 휴지통과 음식물 쓰레기통의 차이는 무엇일까. 같은 통도 안에 무엇이 담기느냐에 따라 불리는 이름이 달라진다. 쓰레기통이라고 이름 붙여 판다고 해서 그것이 진짜 쓰레기통은 아니다. 실제로 쓰레기를 넣기 전까지는 말이다.

며칠 전 비가 왔던 날, 한 식당에 들렀었다. 입구 안쪽에 여느 가게에서나 흔히 볼 수 있는 파란색 쓰레기통이 있었는데, 거기에 우산이 잔뜩 꽂혀 있었다. '깨진 유리창 법칙'처럼 처음에 누군가 우산을 꽂자 뒤이어 들어온 사람들도 그런 것인지, 주인이 아예 그러라고 내어놓은 것인지는 알 수 없었다.

어쨌거나 나도 거기에 우산을 꽂으면서 보니 안에는 빗물이 조금 고여 있을 뿐 쓰레기는 보이지 않았다. 만약 그 안에 쓰레기가 차 있었더라면 누구라도 우산 넣기를 망설였을 것이다. 그러나 속이 깨끗이 비어 있었기에 어제까지는 쓰레기통이었는지 모를 그것이 이날은 우산꽂이가 되었다.

주문한 음식을 기다리면서 지켜본 쓰레기통, 아니 파란 우산꽂이는 꼭 화살을 맞은 짐승 같았다. 목구멍에 각양각색의 우산들이 박힌 그것은 배 속을 빗물로 채우고 있었다. 쓰레기통과 우산꽂이 그리고 화살 맞은 짐승 중에서 무엇으로 사는 것이 제일 나을까.

이런 고민을 하는 사이 주문한 음식이 나왔다. 나는 그저 한 끼를 때우겠다던 마음을 고쳐먹고, 자세를 바로 했다. 이것은 대충 끼니를 때우는 음식이 아니라 오늘 하루 나를 살리는 약이다. 이렇게 생각하니 숟가락을 든 손에 힘이 들어갔다.

"우산꽂이는 어디 있나요?", "쓰레기는 어디에다 버려요?"라는 물음에 손가락이 무엇을 가리키느냐에 따라 같은 사물이 우산꽂이가 되기도 하고 쓰레기통이 되기도 한다. 배 속에 집어넣는 음식을 어떻게 여기느냐에 따라 나도 달라지는 것 아닐까.

다른 사람도 마찬가지다. 내가 그를 어떤 시선으로 바라보느냐에 따라, 그에게 어떤 마음을 던지느냐에 따라 그는 전혀 다른 존재가 된다. 이름을 부를 때, 별명을 부를 때, 애칭을 부를 때, 어떤 호칭 대신 욕으로 부를 때, 그때마다 그는 전과는 다른 사람이다.

든든히 배를 채우고 나와서 돌아가는 길에 새삼스레 쓰레기통을 찾아봤다. 쓰레기통은 잘 보이지 않았고, 그만큼 길가 곳곳에서 쓰레기가 눈에 띄었다. 주로 담배꽁초나 각종 음료수병, 테이크아웃 용기 따위였다.

사람들은 거리에 쓰레기통이 없어서 어쩔 수 없이 무단 투기를 한다고 말한다. 지자체에서는 생활 쓰레기를 공공 쓰레기통에 버리는 사람이 많아서 어쩔 수 없이 쓰레기통을 둘 수 없다고 항변한다. 어쩔 수 없음과 또 다른 어쩔 수 없음 사이에서 애먼 길거리만 쓰레기장이 되어가는 것은 아닌지.

어쩔 수 없지, 뭐. 내가 습관처럼 자주 하는 말이다. 이제껏 스스로 욕심이나 미련을 두지 않으려는 마음에서 내뱉는 것으로 여겼던 저 말이 오늘은 영 다르게 다가왔다. 어쩔 수 없다는 핑계로 내버려두었던 일, 끝내 포기하고 만 인연, 어영부영 흘려보낸 기회 같은 것들이 떠올랐다.

어쩌면 인생의 새로운 계기나 잊지 못할 추억이 되었을지도 모를 그것들은 지금 어디에 버려져 있을까. 갑자기 가슴이 답답해지는 것을 보니 알 만했다.

나는 집에 도착하자마자 쓰레기통부터 비웠다. 마음도 뒤집어서 탈탈 털고 싶었지만, 가려운 몸을 긁듯이 마음도 한번 시원하게 벅벅 긁고 싶었지만, 그것이야말로 정말 어쩔 수 없는 일이었다.

'어쩔 수 없지, 뭐.'라는 소리가 튀어나오려는 것을 속으로 삼키며, 나는 팔을 걷어붙였다. 눈앞에 어쩔 수 있는 일들이 많았다. 나는 귀찮아서 계속 미루었던 집안일부터 해치우기로 했다.

서너 시간 몸을 바쁘게 움직이고 나니 속이 출출했다. 마음을 비우기는 어려운데, 배 속은 이렇게 쉽게 비워지다니. '마음먹다'라는 말처럼 밥도 먹는 것이고 마음도 먹는 것인데, 마음은 왜 이리 소화가 안 되는 것일까.

그래도 무엇을 어떻게 먹을지 선택해야 하는 순간이 매번 새롭게 찾아온다는 것이 다행이었다. 또 마음은 세상에서 가장 큰 통이어서 무엇이든 얼마든지 새로 담을 수 있다고 생각하니 얼마간 스스로 위안이 되었다.

쓰레기통을 비운다. 식당에 들렀던 날 이후로 처음인데, 그사이 쓰레기통에는 턱밑까지 쓰레기가 차 있었다. 쓰레기를 치우며 그날 일을 돌이키다가 나는 문득 깨달았다. '아, 식당에 우산을 두고 왔네.' 밥을 먹는 동안 비가 그쳐서일 테다.

내 우산은 아직 거기에 있을까. 급작스레 비가 쏟아지는 어느 날, 가게 주인이 파란 통에서 꺼낸 내 우산을 선심 쓰듯 손님에게 내어주었으면 좋겠다. 그렇다면 이제 그것의 이름은 무엇일까.

내 것인 줄 알았으나 내 것이 아니었던

책장

문학 행사의 마지막은 으레 질의응답이다. 그날 시 낭독회도 그랬다. 관객분들과 몇 차례 질문과 대답을 주고받았다. 더는 질문이 없는 듯싶어서 행사를 마치려는데, 자리 한가운데서 비죽 올라오는 손바닥이 보였다. 천천히 그러나 분명하게, 사람들 머리 위로 솟아오르는 손이 마치 땅을 뚫고 돋아나는 새싹 같았다.

그분은 먼저 내 시집을 읽은 소감을 자분자분 이야기했다. 그러고 자기가 시집을 제대로 읽었는지를 물었다. 나는 책은 오롯이 독자의 것이라고 답했다. 작가의 역할은 탈고하는 순간 끝나며, 책은 독자의 손안에서 완성된다고 말했다. 책은 작가가 아니라 그것을 읽는 이의 손끝에서 매 순간 새로 쓰인다고도 했다.

세상에 똑같은 책은 없다. 모든 책은 저마다 읽는 이의 해석이 덧

붙은 유일무이한 판본이다. 마지막 페이지를 덮으면, 우리는 세상에 하나밖에 없는 책을 갖게 되는 것이다. 그러니 얼마든지 마음대로 생각하고 느끼시라고 했다. 결국 모든 독서는 오독이니까.

행사를 마치고 집에 돌아오니 우편함에 책이 몇 권 꽂혀 있었다. 예의 다른 작가들의 저서와 때마다 오는 문학잡지였다. 이렇게 사지도 않은 책을 받는 것은 내가 무슨 대단한 사람이라서가 아니다. 이 땅에서 문학을 생산하는 이들의 사정이 거의 비슷하다.

'그간 소원했네. 나는 그사이 이런 작품을 썼어. 한번 읽어보고, 내키면 주변에 홍보도 좀 해줘.' 혹은 '선생님께서는 잘 모르시겠지만, 저는 이런 책을 쓴 작가입니다. 한번 읽어봐 주세요.' 작가들은 이런 마음을 담아 동료 작가에게 자신의 책을 보낸다. 일종의 생존 신고랄까. 문학잡지는 언젠가 작품을 발표한 인연 때문에 계속 보내오는 경우가 보통이다.

이런 책 선물을 받으면 마음 한편이 미지근하다. 특히 책 속지에 정성스레 적힌 인사말과 사인을 볼 때면 더욱 그렇다. 나를 잊지 않고 책을 보내준 데서 느끼는 고마움과 책을 거저 받은 데서 오는 미안함이 뒤엉켜서다. 저마다 책을 사서 본다면 좋겠지만, 그것은 말처럼 쉬운 일이 아니다. 나부터도 그동안 받은 것이 있으니 새 책이 나오면 여기저기 보내게 된다. 또 거기에는 그렇게라도 누군가 내 책을 읽어주었으면 하는 바람도 섞여 있다.

　우편함에서 꺼내 온 책을 쓱 훑어보고, 다음에 다시 정독할 요량으로 책장에 꽂으려는데 공간이 없었다. 나는 작가의 친필 사인이 있는 책과 내 작품이 실린 문예지는 버리지 않는다. 그러다 보니 사지 않아도 집에는 점점 책이 쌓인다. 자연스레 책장도 하나둘씩 늘어난다. 이래서는 앞으로 십 년, 이십 년 뒤에는 몇 개의 책장이 더 필요할지 까마득하다. 청소하기만 힘들 것 같아서 별 욕심이 없다가도, 책장을 생각하면 좀 더 넓은 데서 살고 싶어진다.

　당장은 책장을 더 들여놓을 자리도 없는지라 나는 이참에 책을 좀 정리하기로 마음먹었다. 김매기를 하듯이 책 한 권 한 권과 눈을 맞추며 솎아낼 것을 고르는데 역시나 쉽지 않았다. 나중에 일별하려고 쌓아두었던 철 지난 문예지를 몇 권 찾았을 뿐이다. 나는 방바닥에 털썩 주저앉아 속수무책으로 책장을 바라보았다. 문득 내가 책을 버리지 못하는 이유는 그것이 내 것이 아니기 때문이라는 엉뚱한 생각이 들었다. 책은 읽는 이의 것이니까.

　책장에는 읽지 않았거나 읽다 말았거나 읽었으나 내용이 기억나지 않는 책들이 많았다. 오늘 낭독회에서 내가 말한 대로라면 그 책들은 아직 내 것이 아니었다. 나는 제대로 된 독자가 아니었으므로, 마지막 페이지를 덮으며 나만의 책으로 완성하지 못했으므로, 그것들은 온전히 내 것이 아니었다. 책장에는 내 것이 아니라서 함부로 버릴 수 없는 책들이 켜켜이 쌓여 있었다. 마치 벽 한쪽을 장식한 피규어처럼, 창고에 쌓아둔 재고품처럼.

내 것인 줄 알았으나 내 것이 아니었던 것들. 어쩌면 내가 품고 사는 것들이 다 그런지도 모르겠다. 당신과 얽힌 지난 일도 마찬가지다. 내 가슴 한구석에는 되돌아보고 싶지 않은 기억들이 아무렇게나 처박혀 있다. 나는 그것들을 애써 외면하며, 한 번도 곰곰이 되새기지 않았다. 읽지 않은 책처럼 그 기억들은 내 안에 있되 내 것이 아니다. 떠올리고 싶지 않은 기억이 제멋대로 떠오르는 것도, 잊고 싶은 기억을 완벽히 잊지 못하는 것도 그래서일 테다.

나는 눈을 감고 그 일들을 생각했다. 싫고, 서운하고, 끔찍했던 기억 위에 싫고, 서운하고, 끔찍했다고 썼다. 아름답지만, 당신의 빈자리를 느끼고 싶지 않아서 돌아보지 않았던 기억에는 밑줄을 쳤다. 그렇게 새로 쓴 기억 앞에 간단한 인사말을 적고, 그 아래 시원시원하게 사인도 흘려 썼다. 따끈따끈한 이 추억을 당신의 우편함에 꽂고 돌아오는 상상을 했다. 이제야 오롯이 내 것이 되었지만, 당신에게 주고 돌아서는 마음이 하나도 아깝지 않았다.

보고 싶은 귀신

향

오랜만에 향을 피운다. 라이터로 불을 붙이자 향 끝에 성냥불보다는 조금 작은 불이 붙는다. 금세 꺼질 것 같던 불꽃은 사그라질 듯 사그라지지 않는다. 나는 가볍게 손부채를 부친다. 까맣게 탄 끄트머리에서 우윳빛 연기가 춤추듯 피어오른다. 곧 방 안이 알싸한 향내에 잠긴다.

나는 종종 향을 피운다. 집 안의 잡냄새를 가리거나 분위기를 환기하고 싶을 때다. 혼자 사는 지금은 거리낄 것이 없지만, 부모님과 함께 살 때는 제사도 아닌데 향을 태운다며 지청구를 듣기도 했다. 향냄새가 귀신을 부른다는 것이다.

그러나 귀신은 한때 나와 같은 사람이었던 이들. 또 내가 앞으로 될지도 모르는 존재. 귀신이라고 무턱대고 사람을 해코지할 리 없다. 생전에 어느 종교의 신자였던 귀신도 있을 테다. 그러니 당장 눈앞에 귀신이 나타나도 무작정 놀라거나 두려워할 일만은 아니다.

어쩐 일이냐고, 할 말이 있느냐고, 오는 길은 어땠느냐고, 갈 때는 어떻게 가느냐고, 언제 다시 오느냐고, 인사도 나누고 안부도 물으면 그뿐이다. 잘 가시라고 손도 흔들어주면서.

아직 귀신을 만난 적이 없어서 이렇게 말할 수 있는 것일까. 솔직히 나는 귀신의 존재를 믿지 않는다. 그렇지만 만약 귀신이 있다면, 지금 눈앞을 떠도는 향 연기와 비슷한 모습이리라 상상한다. 만지려고 하면 흩어져버리는, 흩어진 자리에 이내 새로 피어오르는, 어렴풋하지만 냄새만은 또렷한 연기 혹은 다 타고 남은 재와 같은.

그게 아니면, 귀신은 무어라 딱히 꼬집어 말할 수 없는 감정을 닮았을 것 같다. 분명히 느껴지지만 설명할 수 없는, 이유 없이 목덜미를 서늘하게 하는, 불쑥 솟아나 가슴을 먹먹하게 하는, 애써 무시하려고 해도 돌부리처럼 자꾸 심장에 채는 감정 혹은 그이의 얼굴을 문득 스친 표정 같은 것일지도 모르겠다.

상상에서 깨어나고 보니, 향이 꼿꼿이 서 있던 자리에는 어느새 고운 재만 남았다. 재는 향과 연기의 중간쯤인 무엇 같다. 지금은 눈에 보이지만, 불면 곧장 흩어져버릴 테다. 향을 향으로서 지탱하던 무언가가 빠져나갔기 때문이다. 넋 나간 사람같이, 연기가 빠져나간 향은 허물어져 재가 되었다.

공기 중에는 아직 향냄새가 배어 있지만. 쓰레기통에 재를 툭툭 털어 버리고 방을 환기하면, 조금 전까지 이곳에 향이 있었음을 증명할 길은 없다. 세상에 살았던 적이 없는 것처럼, 향은 감쪽같이 사라진다. 그러면 향은 오로지 내 안에만 존재한다. 라이터나 성냥이 없이도 언제든 불을 붙일 수 있는, 떠올릴 때마다 새롭게 피어오르는 기억으로서.

향은 사물이기보다는 차라리 분위기나 느낌에 가깝다. 향이 타는 방에 있어 본 사람이라면 누구나 안다. 귀신이라도 찾아주었으면 싶게 외로운 날, 향은 터질 듯한 가슴속을 어쩌지 못해 끝내 내뱉고야 마는 고백 같다. 그리하여 스스로 몽땅 타버릴지라도, 도저히 참으려야 참을 수 없는.

내가 이렇게 외면하고

면도기

화장실 거울 앞에 서서 얼굴을 면도한다. 삼 일쯤 내버려 둔 수염이 썩 까끌까끌하다. 손바닥으로 턱을 문질러보니 질 나쁜 사포를 쓰다듬는 느낌이다.

코밑과 턱 주위에 쉐이빙폼을 척 바른 다음 면도기를 가져다 댄다. 눈삽으로 눈밭을 한번 길게 쓸고 간 것처럼 면도날이 서걱거리며 지나간 자리로 제법 말끔해진 피부가 드러난다. 파릇한 수염 자국이야 아무리 면도날을 바투 들이민대도 어쩔 수 없다.

적당히 힘 조절을 해가며 같은 동작을 반복한다. 손에서 힘을 너무 빼면 면도날이 수염에 걸려 나아가지 않는다. 그렇다고 너무 힘을 주면 생채기가 나기 십상이다. 무슨 일이든 적당히, 적당한 것이 중요하다.

세안으로 면도를 마무리하고, 다시 거울을 본다. 면도용품 광고에는 면도를 마친 남성이 흐뭇한 표정으로 거울을 들여다보는 장면이 곧잘 나온다. 거울에 턱을 이리저리 비춰 보는 광고 모델은 한결같이 몹시 흐뭇한 표정이다. 좀 잘생겼는데? 이런 느낌이랄까. 나도 그렇다는 것은 아니다.

면도하고 나서 말끔해진 얼굴. 이것은 나를 위한 것이 아니다. 나는 밖에 나가서 누군가를 만나야 할 때만 면도한다. 집에서는 수염을 기른다. 적확히 표현하자면, 기르는 것이 아니라 제멋대로 자라는 수염을 방치하는 것이지만.

바깥출입을 하기 전에 삐죽삐죽 자란 수염을 깎아 없애는 것은 일종의 통과의례. 내 세계에서 벗어나 당신들의 세계로 들어가는 의식이다. 당신이 나를 바라보는 시선을 신경 쓰고 있다는, 예의를 갖춰 당신에게 잘 보이고 싶다는, 나 혼자 먼저 건네는 인사 같은 것이다.

면접을 보러 갈 때 면도를 하지 않는 남성은 거의 없다. 수염이 덥수룩한 얼굴은 자기 관리를 잘하지 않는다는 인상을 주어서다. 또한 수염은 반항을 상징하기도 한다. 수염을 기른다는 것은 타인의 시선 따위는 신경 쓰지 않는다는 암묵적인 선언이다. 그러니 면접을 보는 사람이 면도하지 않기란 힘들다. 당신들의 질서에 편입하려면 먼저 나를 버려야 하니까. 면도는 그 항복의 표현이다.

수염과 면도 이야기를 하다 보니, 시 한 편이 떠오른다. 백석의 「내가 이렇게 외면하고」이다. 평소에도 생활이 고단할 때면 종종 찾아서 읽는 시다. 이 시를 읽으면, 괜히 기분이 좋아지면서 없던 힘이 난다. 없던 입맛도 생긴다. 시에서 되풀이되는 "내가 이렇게 외면하고"라는 말을 무슨 주문처럼 읊조리면, 지금 나를 힘들게 하는 것들도 별것 아닌 양 가볍게 외면해도 괜찮을 성싶다.

백석의 다른 시 「나와 나타샤와 흰 당나귀」에는 "세상 같은 건 더러워 버리는 것이다"라는 구절이 있다. 이 말과 「내가 이렇게 외면하고」를 함께 생각하면, 내가 모른 척하고 고개를 돌리고 싶은 것은 이 세상인지도 모르겠다. 그 세상은 내가 몸담은 현실이면서 때로는 나 자신이었다가 때로는 나 아닌 누구 한 사람이 되기도 한다.

내가 이렇게 외면하고 거리를 걸어가는 것은 잠풍 날씨가 너무나 좋은 탓이고

가난한 동무가 새 구두를 신고 지나간 탓이고 언제나 꼭같은 넥타이를 매고 고운 사람을 사랑하는 탓이다

내가 이렇게 외면하고 거리를 걸어가는 것은 또 내 많지 못한 월급이 얼마나 고마운 탓이고

이렇게 젊은 나이로 코밑수염도 길러보는 탓이고 그리고 어늬

가난한 집 부엌으로 달재 생선을 진장에 꼿꼿이 지진 것은 맛도

있다는 말이 자꼬 들려오는 탓이다

— 백석, 「내가 이렇게 외면하고」 전문

「내가 이렇게 외면하고」를 읽으며 외면하고 싶은 것들을 실컷 외면하고 나면, 마음속에는 기분 좋은 것만이 남는다. 나는 '잠풍 좋은 날씨'와 '가난한 동무의 새 구두, 꼭같은 넥타이'처럼 나를 기쁘게 하는 것들을 떠올린다. 그것들이 "내 많지 못한 월급"같이 얼마나 고마운지를 새삼 깨닫는다. 그러고 나면 이 세상에는 더러워서 버리고 싶은 것들만 있는 것이 아니어서 다시금 사는 일에 힘이 붙는다.

나는 용기 있는 사람이 되지 못해서 더러운 세상과 싸우는 일이 힘에 부친다. 세상이 더럽다며 손가락질할 만큼 스스로 깨끗하다고 여기지도 않는다. 자기 관리도 잘하지 못하고, 눈치 보며 가슴 졸이는 일도 너무 많다. 그래서 "젊은 나이로 코밑수염도 길러보는" 일 같은 것은 엄두가 안 난다. 그저 며칠씩 집에 틀어박혀 있는 동안이나 남몰래 지저분한 수염을 길러볼 따름이다.

수염은 내가 아무것도 하지 않아도 알아서 잘 자란다. 마음도 그렇다. 누군가를 억지로 좋아할 수도 없고, 부러 싫어하기도 쉽지 않다. 마음은 수염처럼 시간이 기른다. 어떤 마음은 오래오래 길러

지기도 하고, 정성껏 다듬어지기도 하고, 어떤 마음은 면도하듯이
잘려 나가기도 한다.

　면도한 자리가 따끔따끔 시리다. 일주일에 한 번쯤은 하는 일인
데도 영 능숙해지지 않는다. 면도날이 낡았는지도 모르겠다. 어차
피 여봐란듯이 기르지도 못할 수염인데 깎기라도 잘해야지. 까맣고
까칠하게 내 속에 숭숭 박혀 있는 것들을.
　이것만큼은 외면하지 말고.

말의 힘

잡동사니

'잡동사니'는 잘 쓰지는 않지만, 버리지는 못하고 한데 모아둔 자잘한 물건을 말한다. 따로 밖에 내어놓기는 좀 그래서 서랍 안에 아무렇게나 처박아 둔 물건들. 대부분 중요하지 않고, 보잘것없다고 여기는 것들이다.

어떤 것을 잡동사니라고 부르면, 별 쓸모없는 하찮은 물건처럼 느껴진다. 그런데도 잡동사니를 버리지 못하는 까닭은 언젠가 쓸 일이 있을 거라는 막연한 생각에서다. 실제로 나사 하나, 클립 하나, 건전지 하나가 꼭 필요한 때가 있으니까. 잡동사니는 여기에 왠지 버리기에는 아까운 마음이 더해져 탄생한다.

세상에 처음부터 잡동사니로 태어나는 물건은 없다. 내가 함부로 다룬다고 해서 그 물건이 가진 본래 가치가 떨어지는 것도 아니다. 내가 누군가를 좋아하든 싫어하든 상관없이 그 사람은 그 사람일 뿐이듯이.

잡동사니가 되어 종일 먼지만 뒤집어쓰는 물건들은 무슨 잘못을 저질러서 그런 벌을 받는 것이 아니다. 내게는 불필요한 것도 다른 이에게는 소중하고 아끼는 물건일 수 있다. 문제는 그런 것들을 잡동사니로 여기는 마음이다.

잡동사니를 다른 이름으로 불러보면 어떨까. 먼저 떠오르는 것은 '가재도구'다. 이때 '가재(家財)'는 한집안의 재물이나 재산을 뜻한다. 잡동사니도 시간과 공을 들여 번 돈으로 산 것이니, 재산이라면 재산이다. 잡동사니를 가재도구라고 하니 그 몸값이 훌쩍 뛴 느낌이다.

'살림살이'라는 말도 떠오른다. 이렇게 부르니 잡동사니도 내가 살아가는 데 없어서는 안 될 물건처럼 느껴진다. '세간'이라는 말도 좋다. 오래 곁에 두어서 정든 물건의 느낌이 난다. 이외에도 살림, 세간살이, 세간붙이, 가장집물 등 괜찮은 이름이 많다.

말에는 힘이 있다. 그 힘을 믿어야만 글도 쓸 수 있다. 나는 좀 모른 척하고 싶은 마음에도 새 이름을 붙여본다. 핸드폰 연락처의 이름을 보며, 사람들의 별명도 지어본다. 남달리 보고 싶거나 어디에서든 잘 살기를 바라는 사람의 이름은 종종 시가 되기도 한다.

2부

그리워할 사람은 아직 도착하지 않았지만

우리가 어떻게 만나서

책

읽을 책을 고르는 것과 새로 사람을 사귀는 일은 비슷하다. 일단 첫인상이 중요하다. 책의 첫인상을 사람의 그것에 비유하자면, 한눈에 들어오는 표지는 얼굴이다. 크기도 두께도 저마다인 판형은 체격이고, 제목은 눈빛이나 목소리, 말투쯤이다. 유광·무광·에폭시 따위의 후가공은 옷차림이다.

책의 겉모습은 마음에 들 수도 있고 아닐 수도 있다. 그러나 사람과 마찬가지로 외양으로만 판단해서는 안 된다. 대화로써 사람을 알아가듯이 표지를 넘기고 내면을 좀 더 들여다보아야 한다.

꼬치꼬치 캐묻는 것은 실례지만, 그래도 처음 만난 사람끼리는 이름이나 사는 곳 정도는 묻고 답하며 말꼬를 트기 마련이다. 그러면서 상대의 신상을 파악한다. 한동네에 산다든지 취미가 같다든지 무언가 통하는 점이 있으면 금세 서로 가까워진다. 저자 소개와 차례(목차)를 보는 일도 그렇다. 어떤 저자 소개와 차례에는 저절로 다음 페이지를 펼치게 하는 매력이 있다.

이제는 좀 더 깊은 대화를 나눌 때다. 말을 섞을수록 나와 맞지 않음을 깨닫는 사람도 있고, 알아갈수록 마음이 가는 사람도 있다. 마음이 간 사람과는 자주 연락하게 되고, 그만큼 만나는 일도 잦다. 그렇게 누구는 그저 지인이나 스쳐 지나가는 이가 되지만, 다른 누구에게는 더 가까이 곁을 내주게 된다.

책도 다르지 않다. 한 장, 한 장 책장을 넘기며 책이 전하는 이야기에 귀를 기울인다. 앞부분 몇 장만 읽고 도로 서가에 꽂는 책이 있고, 한동안 마음을 빼앗겼으나 끝내 마지막까지는 읽지 못하는 책이 있고, 처음부터 끝까지 손에서 놓지 못하는 책이 있다. 다 읽고 난 뒤에도 오래도록 기억에 남아 수시로 다시 펼쳐보는 책, 사랑하는 사람의 말같이 페이지마다 밑줄을 그어가며 읽게 되는 책도 있다.

우리 집 책장에 꽂혀 있는 책들을 본다. 한 출판사의 시리즈로서 또래 친구들처럼 어깨를 걸고 있는 책들도 보이고, 인종과 국적이 다른 친구들의 모임처럼 저마다 개성이 뚜렷한 책들이 한 칸에 웅기중기 모여 있기도 하다. 각양각색의 책들이 한 책장에 모여 있는 광경은 한 동네, 한 나라, 하나의 별에서 어울려 사는 우리들의 모습과 다르지 않다.

64,657종, 79,948,185권(대한출판문화협회 통계). 2021년 한 해 동안 우리나라에서 발간된 책이다. 뒤의 발행 부수를 앞의 발행 종 수로 나누면, 새로운 책을 펴낼 때 평균적으로 1,200부 안팎을 찍은 셈이다. 근 8천만 권이라니. 어마어마한 숫자이지만, 이것도 아주 많이 줄어든 것이다. 20여 년 전쯤에는 매년 2억 부에 가까운 책이 세상에 쏟아졌단다.

79,948,185권 중에 끝내 폐기되지 않고 독자의 손에 닿은 것은 극소수다. 우리나라 인구가 5천만 명 남짓이니, 한 권의 책을 만나는 일은 확률적으로 사람 간의 인연보다 귀하다. 이 가볍지 않은 인연을 생각하며, 비좁은 책장에 빼곡히 모여 사는 책들을 다시 본다. 대부분 상태가 양호하지만, 어떤 것들은 유난히 표지가 해지고, 손때를 많이 탔다. 그만큼 자주 들추어 보아서다. 곁에 두고 그 이야기를 듣는 데 마음을 다했기 때문이다.

그런데 이런 책보다도 더 눈에 띄는 것이 있다. 책과 책 사이에 있는 빈자리다. 당신이 빌려 가서 여태 돌려받지 못한 책이 있던 자리다. 앞으로도 그 책은 돌려받을 일이 없을 듯싶다. 그래도 괜찮다. 다만 그 책이 당신의 손때로 반질반질해져서 당신의 책장에서 오래오래 살았으면 좋겠다. 어떤 인연은 그렇기도 하다.

고독의 밝기

스탠드

침대 옆 작은 탁자 위에는 하얀 스탠드가 있다. 버튼을 터치함으로써 밝기를 네 단계로 조절할 수 있고, 기린처럼 긴 목을 이리저리 움직여서 원하는 방향을 좀 더 밝힐 수도 있다.

침대에 누운 채로 손을 뻗어 스탠드를 켠다. 적당히 불빛의 밝기와 방향을 조절하고, 베개 두 개를 겹쳐 머리맡을 두둑이 받치고, 책을 읽기에 편한 자세를 잡는다.

읽고 싶어서 읽는 것이 아니라 일 때문에 억지로 보아야 하는 책이라서 그런지 글자가 눈에 잘 들어오지 않는다. 이른 졸음이 쏟아진다. 나도 모르게 든 꿈결에서 누군가의 얼굴을 보고 돌아오니, 책을 어디까지 읽다가 잠들었는지 기억나지 않는다.

꿈속에서 만난 얼굴이 누구였는지 궁금해서 다시 눈을 감는다. 닫힌 눈꺼풀 안으로 스탠드 불빛이 스며든다. 손끝을 더듬어서 스탠드의 광량 조절 버튼을 톡톡 두드린다. 감은 눈으로도 알 수 있을 만큼 방 안이 어둠에 잠긴다.

누구일까. 물에 젖은 그림처럼 흐릿하기만 한 얼굴은. 「라디오같이 사랑을 끄고 켤 수 있다면」이라는 장정일 시인의 시 제목처럼, 보고 싶은 얼굴도 머릿속에서 마음대로 끄고 켤 수 있다면. 스탠드처럼, 그 얼굴을 비추는 불빛의 방향과 밝기를 마음껏 조절할 수 있다면.

그러나 졸음과 꿈이 제멋대로 오가듯이 내 몸과 마음의 일이라도 어찌할 수 없는 것이 있다. 나는 하릴없이 이불을 머리끝까지 뒤집어쓴다. 어떤 손길이 나를 툭툭 건드려 깨우기 전까지, 어떤 얼굴이 나를 돌아보기 전까지, 이렇게 있고만 싶다.

눈 한 번 깜빡이지 않고, 누군가를 목이 빠지게 기다리는 사람처럼. 일찍이 노천명 시인이 「사슴」에서 말한바 모가지가 길어서 슬픈 짐승 같은, 스탠드의 모습으로.

안녕, 도깨비

모뎀

요즘은 인터넷이 말썽이다. 데스크톱 컴퓨터의 인터넷 연결이 고르지 않다. 하루에도 몇 번씩 됐다 안 됐다 하며 속을 썩인다. 서비스 센터에 연락해서 사람을 부를라치면 누구를 놀리기라도 하는 모양으로 언제 그랬냐는 듯이 멀쩡해진다. 도깨비장난이 따로 없다.

화성까지 탐사선을 보내는 시대에도 도깨비장난 같은 일은 종종 일어난다. 먹통인 전자 제품 따위가 수리 기사 앞에서만 잘 작동한다거나 아무리 찾아도 안 보이던 물건이 엉뚱한 데서 갑자기 나타나는 일 등이 그렇다. 사물에 의지가 있을 리 없으니 모두 우연에 불과할 텐데도, 이런 일을 겪으면 미지의 세계에 관해 생각해 보게 된다.

옛이야기 속에서 도깨비는 보통 오래된 물건이 변해서 된다. 싸리비, 키, 절구, 빗자루 따위가 도깨비의 전신(前身)으로 주로 등장한다. 사람과 가까운 사물이 변신한다는 점에서 알 수 있듯이 도깨비는 사람과 친하다. 대체로 장난기가 많고, 심술궂기도 하지만, 악하지는 않다. 거짓말을 할 수 없고, 약속은 반드시 지키고, 싸움을 꺼리는 성격은 오히려 인간보다도 인간적이다.

여전히 세상에는 도깨비장난같이 터무니없고, 도깨비놀음같이 괴상하고, 도깨비판같이 갈피를 잡을 수 없는 일들이 벌어지는데도, 더는 도깨비 이야기가 들리지 않는 것이 이상하다. 이미 도깨비 같은 사람이 많아서일까. 아니면, 물건을 오래 쓰지 않고 금세 새것으로 바꾸는 소비 풍조 때문일까.

도깨비 이야기는 '애니미즘(animism)', 즉 '정령신앙(精靈信仰)'의 한 가지다. 이는 모든 사물에는 영혼이 깃들어 있다고 믿으며, 그것들을 숭배하는 세계관이다. 애니미즘을 숭상했던 고대 켈트인은 죽은 사람의 혼이 동물이나 식물 또는 무생물 안에 들어간다고 믿었다. 그러다 인연이 있는 누군가를 만나면, 그 혼이 깨어나서 우리와 더불어 다시금 산다고 여겼다. 그러고 보면, 우리가 겪는 도깨비장난은 우리의 손길에 깨어난 영혼이 일으키는 일일 수도 있겠다.

얼마 전 세상을 떠난 한 소설가는 생전에 자신이 '채널링(channeling)'을 한다고 밝혔다. 채널링은 식물이나 외계인 등 사람이 아닌 존재와 교감하는 것을 말하는데, 그는 자신이 달에 사는 지성체와 오랫동안 교신해 왔다고 말했다. 그리고 웬 미치광이 헛소리냐는 욕을 많이 먹었는데, 그 진실이야 알 길이 없다. 옛사람들이 '도깨비불'이라고 두려워했던 것이 실은 화학 원소인 '인(燐, P)'이 밤중에 빛나는 현상일 뿐이라는 것도 알려진 지 그리 오래되지 않았다. 몇십 년 뒤에는 도깨비, 정령의 존재나 채널링의 진실에 관해 어떤 새로운 사실이 밝혀질지 알 수 없다.

또 인터넷이 먹통이다. 모뎀의 전원을 껐다 켠다. 랜선을 뽑았다가 도로 끼우기도 한다. 헛심을 쓰는 것인가 싶을 때쯤 인터넷이 다시 연결된다. 도깨비놀음일까, 모뎀에 깃들었던 영혼이 깨어난 것일까, 모뎀과 내가 교감한 것일까. 그도 아니면, 그저 버려지고 싶지 않은 것일까.

사물에는 휴식이 없다. 그것들에는 휴일도 없고, 휴가도 주어지지 않는다. 만약 그런 시간이 있다고 해도, 사물은 쉬지 않았을 것이다. 쉼은 곧 죽음이기 때문이다. 언제든 작동하지 않으면, 버려질 뿐이다. 수명을 다한 사물은 곧 새것으로 교체된다. 수명이 다하지 않았어도 더 성능이 뛰어난 신제품에 밀려 사라지기 일쑤다. 우리는 사물을 쓰고, 쓰고, 또 쓸 따름이다.

우리 집 모뎀도 입때껏 쉰 적이 없다. 밤낮을 가리지 않으며, 빨갛고 노랗고 파란 불빛을 반짝인다. 친구도 애인도 가족도 나를 위해 이토록 헌신할 수는 없다. 하지만 나는 그 수고를 알아주기는커녕 모뎀 자체에 관해서도 제대로 아는 바가 없다. 모뎀뿐만 아니라 다른 물건들도 처음에 설명서를 대충 훑어보고, 여러 기능 중에서 몇 가지만을 사용하면서도, 그것들을 잘 알고 있다고 착각한다. 그러다 상태가 좋지 않으면, 속수무책으로 다른 사람을 찾는다. 생면부지의 전문가가 내 손때로 얼룩진 물건의 속을 헤집고, 점검하고, 마침내 그것의 병명과 생사를 진단하는 광경을 하릴없이 지켜본다. 속으로는 수리비를 따지고, 사양이 더 좋은 새 제품들의 가격을 비교하면서.

깜빡깜빡 빛나는 모뎀을 본다. 빨갛고 노랗고 파란 불빛이 무언가 절실한 사정이라도 있는 양 쉬지 않고 명멸한다. 조난신호처럼. 꼭 도깨비불처럼.

가장 순한 네발짐승

의자

우리는 깨어 있는 시간 대부분을 의자에 앉아서 보낸다. 사무실에서 일할 때, 식당에서 밥을 먹을 때, 극장이나 공연장 등에서 여가를 보낼 때. 또 자동차나 전철, 기차, 비행기 등을 타고 어딘가로 갈 때도 너나없이 의자에 앉는다. 집 안에서도 마찬가지다. 책상과 식탁 앞에 의자가 있고, 벽 한쪽에는 떡하니 소파가 놓여 있다. 볼일도 구멍 뚫린 의자에 앉아서 해결한다.

한적한 공원이나 인적이 드문 산길에서도 곧잘 벤치가 눈에 띈다. 사람의 발길이 닿는 데치고 의자가 없는 곳을 찾기 어렵다. 우리는 때마다 목초지를 옮겨 다니는 유목민처럼, 끊임없이 의자에서 의자로 자리를 옮긴다. 인간의 삶이란 징검다리를 폴짝폴짝 건너듯이 의자에서 의자로 이어지는 듯하다. 세상에는 도대체 얼마나 많은 의자가 있는 것일까.

현재 세계 인구가 79억 명 남짓이라니 지구상에는 적어도 그보다 몇 배는 많은 의자가 존재할 테다. 내가 혼자 사는 우리 집에만도 의자가 일곱 개나 있다. 책상 의자 하나, 식탁 의자 넷, 소파 하나, 거울 앞에 스툴 하나. 온갖 가게, 공연장, 경기장, 대중교통 등에 있는 의자를 헤아리면, 새삼 세상에 의자가 이렇게 많다는 것이 놀랍다. 지구는 평생 말없이 사람을 등에 태우기만 하는 이 순한 네 발짐승의 세상이다.

세상에 숱하디숱한 의자 중에서도 내가 가장 오랫동안 궁둥이를 붙이고 있는 것은 컴퓨터 책상 의자다. 지금도 거기에 앉아 있다. 뻣뻣한 목덜미도 풀 겸 고개를 이리저리 돌리니 집 안 곳곳의 빈 의자들이 눈에 들어온다. 누군가가 내게 어떤 의자를 제일 좋아하느냐고 묻는다면, 나는 망설임 없이 빈 의자라고 대답할 것이다. 의자가 비어 있다는 것은 거기서 할 일이 끝났다는 뜻이니까.

또한 내가 빈 의자를 사랑하는 까닭은 비어 있으므로 누구든지 와서 앉을 수 있기 때문이다. 사실 세상에 빈 의자는 없다. 비어 있어 보이는 의자에는 낯선 기대감과 낯익은 그리움이 앉아 있다. 빈 의자는 비어 있는 것이 아니라 열려 있다. 어떤 가능성을 향해. 그래서 인간은 이 별을 온통 의자로 덮은 것이다. 반려동물과 함께하듯 그렇게 의자를 곁에 두고 기르는 것이다.

겨울 아침

침대

눈을 뜬다. 밤새 내 체온으로 데워진 이불 속이 포근하다. 나는 이불 바깥으로 삐져나와 있던 팔다리를 모으며, 몸을 한껏 웅그린다. 언제까지나 이러고 있고 싶다. 당장 지구가 멸망한다고 하더라도.

다시 눈을 감고, 점차 희끄무레해지는 꿈을 더듬는다. 대낮에 켠 플래시 불빛처럼, 그늘에 숨은 그림자처럼, 방금까지 꾸던 꿈의 윤곽이 벌써 흐릿하다. 나는 눈을 더욱 꼭 감는다. 꿈은 어둠 속에서 가장 환하다.

간밤의 꿈에는 낯모르는 할아버지가 나왔다. 그분은 내게 우리 할아버지가 어디 있느냐고 물었다. 무어라 대답했는지는 기억나지 않는다. 두 분이 만났는지 아닌지도 알 수 없다. 나를 아꼈던 우리 할아버지는 이미 오래전에 돌아가셨다.

누군가가 돌아가신 할아버지를 찾으니 괜스레 찝찝하다. 풍수지리 같은 것은 믿지 않는데, 할아버지의 묫자리도 떠올려본다. 옛사람들은 이해할 수 없는 현상을 미신으로써 이해하려고 했다. 비과학이지만, 미신도 엄연히 세상을 해석하는 하나의 방식이다. 이해할 수 없는 것을 어떻게든 받아들이려는 그 노력에는 간절한 데가 있다.

꿈은 스스로 만든 환상이니 꿈풀이란 결국 내가 나를 이해하려는 시도이다. 우리 할아버지를 찾은 것은 으레 낯선 할아버지가 아니라 내 안의 어떤 간곡한 마음일 테다. 그 마음의 정체까지 아는 데는 더 많은 미신이 필요하다. 비록 오해에 불과할지라도.

이런 생각을 하며, 한참을 침대에서 뭉그적거린다. 베개를 허벅지 사이에 끼운 채 몸을 뒤척이기도 하고, 옆에 누워 있는 고양이들을 공연히 툭툭 건드려보기도 한다. 그마저 싫증이 나면 더듬더듬 손을 뻗어 잠들기 전 머리맡에 두었던 스마트폰을 찾아 쥐고는 밤새 무슨 일이 있었는지 살펴본다. 크고 작은 사건과 사고가 차고 넘치는 세상. 정말이지 이불 밖은 위험하다.

추위를 무릅쓰고, 밤새 공기가 탁해진 방 안을 환기하느라 창문을 연다. 어느새 고양이 한 마리가 창문 앞에 쪼르르 다가선다. 군데군데 구멍이 뚫린 한 장의 방충망이 안과 밖을 아슬아슬하게 나누고 있을 뿐이라 마음만 먹는다면 얼마든지 바깥세상으로 나갈 수 있으련만, 고양이들에게 그럴 생각은 없는 듯싶다. 함께 사는 동안 내 귀찮음에 물들었을까.

요즘은 겨울이라 창문을 닫고 살지만, 다른 계절에는 대개 집 안의 창문을 죄 열어놓는다. 그런 시기에는 자주 새소리에 눈을 뜬다. 맞은편 건물 이 층에 사는 사람이 기르는 새다. 새가 답답할까 봐 그러는 것인지 그 집도 거의 창문을 열어놓고 지내는데, 아침 일고 여덟 시 무렵이면 어김없이 새소리가 건너온다. 새장에서 놓여나, 방충망 안쪽 창턱에 앉아 바깥을 내다보며 우는 새. 그에게 집은 새장 밖의 새장인 셈이다.

우리 집 앞에는 아담한 근린공원이 있다. 이곳에는 건넛집 새보다는 훨씬 처지가 자유로운 새들이 산다. 까마귀, 까치, 비둘기, 참새 그리고 아기 주먹만 한 이름 모를 새들이 공원과 그곳을 에두르는 풀숲에 머문다. 이름 따라 산다는 미신이 맞는다면, 유독 이 공원에 새가 많은 것은 '참새어린이공원'이라는 이름 때문은 아닐까.

해가 뜰 즈음부터 늦저녁까지 건넛집과 공원의 새들은 시시때때로 우짖는다. 창문을 닫아도 집 안으로 비집고 들어올 만큼 작지 않은 소리지만, 새소리는 다른 소음과 달리 신경을 긁지 않는다. 오히려 건물이 빼곡한 도심에서 새소리를 듣는다는 것이 특별한 행운처럼 다가온다.

그러나 지금은 한겨울. 새를 키우는 집의 창문도 닫혔고, 공원의 새들도 잘 보이지 않는다. 나는 여전히 침대 속에 있다. 손 베개를 하고 멍하니 천장을 올려다본다. 몽롱한 정신을 두드려 깨우던 새소리가 없어서라고, 옆에서 곤히 자는 고양이들을 깨우고 싶지 않아서라고 스스로 핑계를 댄다. 평소에는 굳어 있는 머리가 침대를 벗어나고 싶지 않은 이유를 찾을 때만큼은 잘도 굴러간다.

몇 시나 되었을까. 사실 그것은 중요하지 않다. 별로 궁금하지도 않다. 그런데도 수시로, 습관적으로, 무슨 의무처럼, 강박적으로, 시간을 확인하는 내가 싫다. 나는 재택근무를 한다. 자유롭게 쓸 수 있는 시간이 많다고 삶이 충실해지는 것은 아니다. 중요한 것은 순간의 집중력. 나는 시간을 허투루 흘려보내는 때가 잦으니, 아차 하는 마음에 자주 시계를 들여다보는 것일 테다.

아까운 시간을 그냥 버리고 있다고 생각하면서도, 침대에서 몸을 일으키기란 쉽지 않다. 한없이 늘어지고, 평화롭고, 적요한 시간. 이때 침대는 나를 싣고 한가로이 시간의 강물을 떠도는 뗏목이다. 밤사이에는 잠든 내 머릿속을 날아다니는 꿈들의 활주로다. 침대는 내가 숱한 공상을 부리는 하역장이자 그리운 얼굴들이 오가는 대합실이기도 하다. 풀어진 몸과는 달리 내 머릿속과 가슴속은 침대 위에서 가장 바쁘다.

끝내 침대를 벗어나 일을 하겠지만, 얼마 못 가 나는 다시 침대에 누우리라. 우리의 하루는 침대에서 시작해서 침대에서 끝난다. 침대에서 아침 햇살을 마주치고, 밤의 어둠 속에 잠긴다. 침대는 하루의 시작점이자 도착점이다.

침대는 사람이 평생 제일 많이 몸을 부딪는 사물이기도 하다. 우리는 인생의 삼 분의 일을 침대에서 보낸다. 작은 침대인 요람은 갓난아이에게는 온 세상이다. 나이 들고 병들어 자리보전하는 이에게 침대는 그리스신화에서 망자를 저승으로 데려간다는 카론의 배다. 침대는 삶과 죽음의 알파와 오메가다.

무엇보다 침대는 모든 것의 끝과 시작인 사랑이 깃드는 자리다. 가장 열정적인 사랑을 가장 은밀하게 드러내는 곳. 사회적 가면을 내려놓고, 내가 나에게 돌아가는 곳. 누구나 무장을 해제하여, 무방비해지는 곳. 하여 제일 약해짐으로써 가장 자유로워지는 곳.

나는 침대와 한 몸인 듯 누워 있던 몸을 느릿느릿 일으킨다. 뒤돌아 확인하지 않아도 침대는 내가 다시 찾을 때까지 내내 그 자리에 있을 테다. 그리고 언제든 우리를 위해 저 자신을 빈자리로 내어놓을 것이다. 이것은 미신이 아니다.

착한 사람

휴지

잘 더러워진다는 것은
오히려 더 깨끗하다는 뜻이다.

살짝 힘을 주면 툭 끊어져서
함께 울어주는 사람.
위로하는 사람.

혼자 구겨져서 울기도 하지만,

자기를 전부 풀어내고 나서야
그 단단한 심지를 알게 되는 사람.

잘 있거라, 길고 길었던 밤들아

성냥

"인제 일어났어, 미안해." 우리 집에 놀러 오기로 했던 친구가 약속 시간이 다 되어서 문자메시지를 보냈다. "응, 괜찮아. 그럴 수도 있지. 근데 이제 준비하고 출발하면 너무 늦겠네. 다음에 볼까?" 내 답장에 친구는 그러자고 했다. 중요한 일이 있어서 만나기로 한 것도 아니고, 이런 일이 처음도 아니어서 그도 나도 그러려니 했다.

전혀 그렇지 않다면 거짓말이겠으나 나는 그에게 별로 서운한 마음이 들지 않았다. 나도 누구 못지않게 잠이 많고 매사에 게으른 성미라 충분히 이해했다. 그에게 서운해해봤자 누워서 침 뱉기. '이럴 수도 있고, 저럴 수도 있지 뭐.' 나는 나지막이 혼잣말했다. 좌우명까지는 아니지만, 내가 습관처럼 입에 자주 올리는 말이다.

친구와 보내려던 저녁 시간이 공중에 붕 뜬 것은 이런 일일까 저런 일일까. 어쨌든 그 시간을 채울 이런저런 일이 필요한 것은 틀림없었다. 나는 소파에 앉아 방 안을 두리번거렸다. 할 일을 찾아 고개를 갸웃거리는 내 모습이 꼭 일을 다 마치고 마지막으로 무언가 빠뜨린 것은 없는지 확인하는 사람의 몸짓 같았다.

일을 시작하려는 모습과 일을 마무리하려는 모습이 다르지 않다는 것. 전혀 다른 마음으로 같은 행동을 한다는 것. 문득 이것이 제법 시적으로 다가왔다. 나는 소파에 털썩 주저앉아 오랜만에 떠오른 시의 실마리를 붙잡았다. 그렇지만 막연한 느낌만 있을 뿐, 구체적으로 떠오르는 문장이나 이미지는 없었다.

나는 얼마 못 가 아쉬움에 입맛을 다셨다. 생각을 계속 붙들고 있어 봐야 별 소득이 없으리라는 것을 경험으로 알고 있었다. 생각하자마자 금세 떠오르는 것이 없다면 이미 틀렸다. 종종 이렇게 흘려보낸 생각이 스스로 영글어 다시 떠오르기도 하지만, 그것은 그때 가서 일이다. 나는 다시 지금 할 일을 찾아야 했다.

사실 할 일이 없다는 말은 거짓이다. 할 일이야 언제나 있다. 당장만 해도 마감해야 할 원고가 몇 있고, 빨래도 해야 한다. 원고를 기다리는 편집자가 있고, 오늘도 빨래하지 않으면 내일 입을 속옷도 없다. 그런데도 나는 이것들을 마치 없는 일인 양 미루고 있었다. 약속이 사라진 시간 앞에서 당황한 척하며.

계속 당황한 척 스스로 속이는 동안 내 눈길은 작은 탁자에 머물러 있었다. 소파 앞의 탁자 위에는 마땅히 둘 데를 찾지 못한 온갖 자잘한 물건들이 모여 있다. 향, 문진, 다 쓴 건전지, 고양이 빗, 리모컨, 테이프클리너, 이어폰, 성냥갑, 휴대용 배터리 등등. 마치 잡동사니를 쑤셔 넣었던 서랍이 속을 게우기라도 한 모양새다.

직업에 귀천이 없듯이 일에도 경중은 없는 것 아닌가. 꼭 경제적인 보상, 보람, 재미 따위가 있어야만 일다운 일인가. 실제로 삶을 유지하는 데 중요한 일에는 그런 것이 없다. 이를테면 양치질하고, 손 닦고, 용변을 보는 일. 그것들은 돈이 되지 않는다. 딱히 보람도 재미도 없다. 그렇지만 그런 것들을 소홀히 여기면 무엇보다 소중한 건강을 잃고, 생활이 밑바탕부터 흔들린다.

갑자기 든 이런 생각에 자신을 향한 한심스러움이 더해지자 소파에서 궁둥이를 뗄 의욕이 조금 생겼다. 나는 일단 눈앞에 보이는 것부터 치우기로 했다. 버릴 것은 버리자는 마음으로 탁자에 널브러져 있는 물건들을 하나하나 살폈다. 그러고 보니, 똑같은 자리에 있는 것들인데도 처지가 다 달랐다. 비교적 자주 쓰는 것들은 그나마 덜했지만, 휴대용 배터리나 문진처럼 잘 쓰지 않는 것들은 온몸에 먼지를 뒤집어쓰고 있었다. 특히 네모난 성냥갑 위에는 본색을 가릴 만큼 먼지가 수북했다.

나는 그 성냥갑을 집어 들었다. 겉면에 시구(詩句)가 인쇄된 것을 보니 어느 문학 행사장에서 받아온 모양인데, 그게 언제 어디였는지는 좀처럼 기억나지 않았다. 하기야 성냥갑에 쌓인 먼지만큼 그와 관련된 기억에도 더께가 앉아 있을 터였다. 나는 휴지로 성냥갑에 묻은 먼지를 닦아냈다. 그러나 그러고 한참을 더 들여다봐도 기억을 덮은 먼지는 털어지지 않았다.

성냥갑을 열어보니 그간 한 번도 쓰지 않은 듯 여러 개비의 성냥이 고스란했다. 나는 의지박약하여 담배를 아예 끊지는 못했지만, 대신 전자담배를 피운 지는 벌써 십 년 가까이 됐다. 담뱃불을 붙일 때가 아니면 쓸 일이 없으니, 어쩌면 이 성냥들은 십 년 가까운 세월을 마냥 성냥갑 속에 누워서 보냈는지도 몰랐다. 그것을 누군가를 기다리는 마음에 비추어 보니 까마득하기만 했다.

나는 성냥 한 개비를 꺼내어 빨간 머리를 성냥갑 옆면에 그어보았다. 오랜만에 하려니 힘 조절이 잘되지 않았다. 얇은 나뭇개비가 툭 부러졌다. 불은 붙지 않았지만, 알싸한 유황 냄새가 코를 간질였다. 곧 다른 성냥개비를 꺼내 다시 도전했다. 이번에는 손에 힘을 너무 빼서 성냥갑 옆면에 흉터 같은 흰 줄만 여럿 만들었다. 성냥 머리에도 땜통처럼 상처가 남았다.

괜한 오기가 피어났다. 이번에는 새로 꺼낸 성냥을 긋는 데 신중을 다했다. 화아악 타들어 가는 소리와 함께 드디어 불꽃이 일었다. 삼사 초나 지났을까. 그리고 성냥불은 가느다란 연기를 피우며 꺼져버렸다. 찰나의 불길이 지나간 자리에는 까맣게 타버린 성냥개비만 남았다. 몇 년인지 모를 기다림의 세월이 눈 깜짝할 사이에 허공중으로 흩어졌다. 이 한순간을 위해 성냥이 존재한다고 생각하니 괜스레 마음이 처연해졌다.

나는 남은 성냥개비에도 모두 불을 붙였다. 왠지 그래야 할 듯했다. 그렇게 해주어야만 할 듯싶었다.

성냥개비는 그저 제 몸을 태우기 위해서가 아니라 그렇게 일으킨 불을 다른 데 옮기려고 태어났다. 그것이 백해무익한 담배라고 할지라도 성냥은 소신공양으로써 남에게 불을 붙인다. 내가 불붙인 성냥들은 본래 쓰임을 다하지 못한 셈이다. 이럴 수도 있고 저럴 수도 있는 일이지만, 검게 타버린 성냥개비들을 내려다보자니 평소의 입버릇이 잘 내뱉어지지 않았다.

타고 남은 성냥들을 모아 도로 성냥갑에 넣었다. 불이 붙은 것처럼, 마음이 따끔거렸다. 제 할 일을 마친 성냥들을 보내주고, 나도 미루던 일을 해야지 싶었다. 나는 성냥갑을 두 손에 고이 들고 자리에서 일어났다. 버리기 전에 마지막으로 내려다본 성냥갑은 생김새가 관(棺)과 똑같았다. 그리고 거기에 적힌 시 구절은 이랬다.

"잘 있거라, 짧았던 밤들아 / 창밖을 떠돌던 겨울 안개들아 / 아무것도 모르던 촛불들아, 잘 있거라"(기형도, 「빈 집」에서)

내가 사랑한 바보상자

텔레비전

언제 처음 보았는지, 기억나지 않는 텔레비전

맞벌이하는 부모님 대신 나를 길러준 텔레비전

거울처럼 가까이서 보았던 텔레비전

그 속으로 들어가겠다는 잔소리에 정말 그 속으로 기어들고 싶었던 텔레비전

불 꺼진 어두컴컴한 화면에 비친 내 얼굴이 쓸쓸했던 텔레비전

매일 신문의 TV 편성표를 확인하며, 공부하듯이 봤던 텔레비전

채널이 3개밖에 없었지만 그래도 오대양 육대주보다 볼거리가 많았던 텔레비전

누워서도, 앉아서도, 밥 먹으면서도, 양치하면서도 봤던 텔레비전

할머니, 할아버지 살던 시골 외딴집에서 탕탕 두들기면서 보았

던 텔레비전

아버지가 그 시골집 지붕에 올라가 안테나를 만져야 지직거림이 잦아들던 텔레비전

명절이면 일가붙이 꼬맹이들을 제 앞으로 불러 모으던 텔레비전

하나뿐인 스위치를 돌려서 채널을 맞추던 텔레비전

이사할 적마다 언제나 제일 좋은 자리를 차지했던 텔레비전

가족이 한자리에 모이면, 뉴스와 드라마와 예능 프로그램 사이를 오락가락하던 텔레비전

혼자일 때면 보지도 않으면서 라디오처럼 켜놓던 텔레비전

역사와 문화와 상식과 바다 건너 세계를 가르쳐준 텔레비전

빈부 격차와 열등감을 알려주고, 환상과 냉소를 심어준 텔레비전

시를 쓰며 점점 멀리한 텔레비전

허무하고, 덧없고, 바보 같은 텔레비전

외로운 영혼의 우물 같은 텔레비전

이제는 스마트폰과 모니터 속으로 들어간 텔레비전

문득 지긋지긋해져서 치워버린 텔레비전

그래도 놀러 간 집에 있으면 꼭 틀어보고 싶은 텔레비전

오랜만에 모인 가족이 아무 말 없이 바라보던 텔레비전

홀로이 가서 먹는 식당에서 빤히 보는 텔레비전

빈티지 가게나 카페에서 실내장식용품으로 만나는 그 시절 추억

의 텔레비전

나의 부모님, 나의 친구, 나의 선생님, 나의 원수, 나의 연인이었던 텔레비전

오늘 같은 날이면, 아무 생각 없이 채널을 돌려 보던 텔레비전

우물에 빠진 사람이 올려다보는 한 줌의 하늘 같은 텔레비전

작은 상자에서 벽을 다 가릴 만큼 편평해진 텔레비전

모든 것을 보여주지만, 실은 아무것도 보여주지 않는 텔레비전

이제 그 네모반듯한 허무의 눈동자는 나와 눈 마주치지 않네

그러나 나는 언젠가 나를 잊은 채

텔레비전 속 세상만을 멍하니 바라보고 싶기도 하겠지

까만 거울 같은 화면에 되살아나는 내 유년의 뒷모습에 다시 쓸쓸해지겠지

텔레비전에서 본 것을 내가 겪은 현실로 착각하고도 싶겠지

보여주고 싶은 것만을 보여주는 세상 사람들 속에서

착한 아이같이 텔레비전의 주인공이 되고 싶겠지

텔레비전에 내가 나왔으면 정말 좋겠다는 동요는 왜 무섭도록 서글픈지 몰라도

나는 꺼진 텔레비전 화면같이 어두운 밤하늘을 덮고

한 줄기 전파처럼 텅 빈 우주를 떠돌겠지

※ 이 글은 장정일 시인의 시 「삼중당 문고」의 어조를 빌렸다.

그릇과 그릇

그릇

그릇이 엄청 많구나. 설거지하다가 나도 모르게 중얼거렸다. 물로 애벌 설거지한 그릇을 거품이 묻어나는 수세미로 닦고, 다시 물로 헹구고, 다 씻은 것을 식기 건조대에 쌓는 일의 반복. 마지막으로 수저를 설거지하고, 싱크대의 물기까지 훔치고 나니 어느덧 삼십 분이 훌쩍 지나 있었다.

뿌듯한 기분으로 식기 건조대에 수북이 쌓인 그릇들을 내려다보았다. 그릇들은 눈에 보이는 것이 다가 아니다. 인형 안에서 인형이 계속 나오는 마트료시카처럼 그릇은 작은 것부터 순서대로 포개어져 있었다. 접시 아래에는 큰 사발이, 큰 사발을 들면 작은 사발이, 작은 사발을 들어 올리면 컵이, 컵 안에는 종지가, 종지 밑에는 술잔이 숨어 있었다.

물방울이 송골송골 맺힌 그 그릇들을 보노라니 문득 이런 생각이 들었다. 내가 사실로 받아들이는 것 안에 보이지 않는 진실이 숨겨져 있고, 그 진실의 속내에는 또 다른 진실이 파묻혀 있을지 모른다는. 술잔처럼 가장 깊숙한 곳에 은폐된 마음을 들추려면 제일 큰 그릇의 물기부터 말려야 한다는. 축축한 마음을 말리는 일이 어디 쉽겠냐마는.

그나저나 웬 그릇이 이리 많은지. 나는 생각난 김에 집 안의 그릇들을 헤아려보았다. 식기 건조대와 찬장에 있는 것들을 눈대중으로 살펴보니 오십여 벌이 넘었다. 막연히 많겠거니 했는데, 그래도 이 정도일 줄이야.

그릇이라고 하면 그릇이라는 말이 붙은 밥그릇이나 국그릇 따위가 떠오르지만, 사실 그릇의 종류는 한둘이 아니다. 사전을 보면 '그릇'은 "음식이나 물건 따위를 담는 기구를 통틀어 이르는 말"이다. '컵'과 '잔'은 "물이나 음료 따위를 따라 마시려고 만든 그릇"이고, '종지'는 "간장, 고추장 따위를 담는 작은 그릇"이며, '접시'는 "반찬이나 과일, 떡 등을 담는 데 쓰는 납작한 그릇"이다.

그릇과 연관하여 생각하기 어려운 병, 텀블러, 바구니, 바가지, 소쿠리, 대야 등도 사전을 보면 그릇의 한 종류로 정의되어 있다. 놀랍게도 온갖 '통'과 '상자'도 전부 그릇의 일종이다. "걔는 그릇이

작아."라는 말에서처럼 "어떤 일을 해 나갈 만한 능력이나 도량"도 그릇이라고 하니, 좌우지간 무언가를 담을 수 있는 것이라면 모두 그릇인 셈이다.

두 손을 모아 물을 떠서 세수할 때 그것은 손바닥 그릇이며, 당신을 향한 그리움을 품고 있는 마음도 깨지지 않는 그릇이다. 80억 명 가까이 되는 인간을 담고 있는 지구는 세상에서 가장 큰 그릇일 테다. 밥그릇에 올망졸망 담긴 밥알처럼 우리는 그렇게 한 그릇에 모여 산다.

재밌는 점은 이런 그릇과 동음이의어인 그릇의 차이다. 전자는 대체로 긍정적인 이미지지만, 후자인 "일이 그릇됐다.", "일을 그르쳤다('그르치다'의 '그르-'와 '그릇되다'의 '그릇-'은 어원이 같다)."의 '그릇'은 그 뜻이 부정적이기만 하다. 겉으로 말해지기에는 같은 그릇이지만, 둘은 영 딴판이다.

같지만 다르고, 다르지만 같은 두 그릇. 따지고 보면, 그릇이란 본래 그런 것이다. 그 안에 무엇을, 얼마나, 어떻게 담느냐에 따라 그릇은 달라진다. 똑같은 그릇이 어느 때는 모자란 그릇이 되고, 다른 때에는 차고 넘치는 그릇이 된다. 사물인 그릇도 그렇고, 사람의 마음 그릇은 더욱 그렇다. 좋은 그릇, 나쁜 그릇은 없다. 무엇이든 적당히, 알맞게 담아내지 못하는 것이 문제다.

내가 가진 그릇은 대부분 사은품이거나 선물로 받은 것이었다. 그중에는 소주잔, 맥주잔, 찻잔, 포도주잔, 머그잔, 물컵 등 음료수 잔이 특히 많았다. 따로 세어보니 이것들만 이십여 벌이었다. 습관적으로 쓰던 것만 찾다 보니 반절은 새것이었다. 이것들을 언제 쓰기나 할까.

멀쩡한 것을 버리자니 아까워서, 선물을 버리자니 꺼림칙해서, 계속 정리하기를 미루는 동안 그릇은 점점 쌓여만 간다. 새것이라지만 회사 로고가 그려진 것이나 선물 받은 것을 다른 이에게 주기도 겸연쩍다. 한번 정리하기는 해야 할 텐데, 어찌해야 할까. 좀 고민을 해보려는데, 배가 꼬르륵거렸다. 일단 밥부터 먹자. 나는 밥을 먹으려고 설거지를 했다는 데 생각이 미쳤다. 쇠뿔도 단김에 빼랬는데, 이번에도 역시나 그릇을 정리하기는 그른 모양이다.

나는 식기 건조대에서 아직 물기가 가시지 않은 그릇 몇 벌을 꺼내고, 거기에 밥이며, 국이며, 반찬을 담았다. 마르기도 전에 다시 쓰이는 그릇의 삶이 참 고단하겠다 싶었다. 하루에도 몇 번씩 싱크대와 식기 건조대와 식탁을 오가는 그릇들. 우리 집에서 가장 바쁜 사물이다.

너무 자주 보기 때문에 그런 것일까. 포장도 뜯지 않은 새것은 오히려 언제 누구에게 받았는지 기억이 나는데, 이 그릇들은 언제부터 썼는지 까마득했다. 그간 여기에 얼마나 많은 음식을 담아 먹었을까. 그사이 그릇들은 얼마나 많은 설거지를 건뎌냈을까. 언제나 정갈하게 자신을 비움으로써 남을 먹여 살리는 그릇들. 그에 비하면 어느 마음도 오래 머물지 못하는 내 마음은 깨진 그릇이 아닐까.

밥상머리에서 이 무슨 청승맞은 생각인지. 나는 쓴웃음을 지으며, 오늘따라 무거운 수저를 들었다. 풀을 씹는 초식동물처럼 찬찬히 밥이며, 국이며, 반찬을 곱씹었다. 그러고 텅 비어버린 그릇들을 곧장 설거지했다. 먹고 나서 바로바로 씻지 않으면, 그릇에는 쉬이 음식 찌꺼기가 눌어붙는다. 한번 눌어붙은 그것들은 물속에 오래 담가 불리지 않으면, 잘 떨어지지 않는다.

안 좋은 생각이나 마음도 그렇다. 그때그때 설거지해야 한다. 성찰이라는 세제를 쓴다면 더욱 좋다. 밥풀과 기름때처럼 금세 또 잊고 싶거나 후회하는 일이 달라붙겠지만. 하루에도 몇 번씩 배 속은 꼬르륵거리고, 그다음에는 설거지가 뒤따른다. 품고 묻고 젖고, 씻고 닦고 말리고. 설거지나 살아가는 일이나 다르지 않다.

설거지하는 동안 그릇들은 빈번히 서로 부딪히며 달그락거렸다. 저마다 담을 수 있는 양도 모양도 제각각인 그릇들. 뭔 놈의 그릇이 이리 많은지, 나는 이제야 무언가를 깨달은 듯했다. 온갖 마음이 딸그랑딸그랑하는 내 속내부터 정리해야지. 그릇은 제 일을 그릇하지 않는다. 일을 그르치는 것은 늘 내 그릇이었다.

아직 도착하지 않은 그리움

칫솔

우리 집 화장실은 좀 특이하게 생겼다. 처음 설계도를 그릴 때 깜박했다가 공사 막바지가 되어서야 잘못을 깨닫고 부랴부랴 아무렇게나 만든 느낌이랄까. 좋게 말하면 공간 활용을 참 잘한 것이고, 나쁘게 보자면 억지로 끼워 넣은 듯하다. 화장실이 세모꼴이다.

자투리 공간을 활용한 느낌답게 좁다란 화장실이지만, 거기에 불만은 없다. 화장실에서 하는 일이라야 변기에 앉아서 볼일을 보고, 서서 씻는 것뿐이니 그만하면 충분하다. 누워서 잘 것도 아닌데 화장실이 너무 넓은 것도 공간 낭비다.

그리고 화장실을 청소할 때는 좁다는 것이 오히려 장점이 된다. 그만큼 청소할 데가 적기 때문이다. 한가운데서 몸의 방향을 바꿔가며 손만 뻗어도 된다. 거기서 오리걸음을 한두 발만 떼도 화장실

구석구석을 청소할 수 있다.

오늘도 화장실이 좁은 덕을 보았다. 쭈그리고 앉아서 바닥 타일 사이에 낀 물때를 헌 칫솔로 벗겼는데, 화장실이 조금만 더 넓었더라면 중간에 포기했을 것이다. 비좁은 화장실인데도, 청소를 마치고 나니 칫솔모가 죄 벌어져 있었다.

그런데 이 칫솔은 누가 쓰던 것일까.

집에 누군가 놀러 와서 자고 갈 때면, 으레 새 칫솔을 꺼내준다. 그런 칫솔은 많아야 잠들기 전에 한 번, 자고 일어나서 한 번 그의 이를 닦고 나면 그만이다. 칫솔로 태어났지만, 칫솔로서의 삶은 하룻밤 만에 끝난다.

언제 다시 올지 모르는 그를 위해 언제까지고 칫솔을 보관할 수는 없다. 비록 한두 번 사용했을 뿐이라도 남이 썼던 칫솔을 내가 다시 쓰는 것도 영 찜찜한 노릇이다. 그래도 거의 새것을 버리기는 아까워서 나는 그런 칫솔들을 청소용으로 써왔다.

청소용으로도 수명을 다한 칫솔을 버리며, 나는 이것을 쓴 이가 누구였는지 따지지 않기로 했다. 자주 오는 사람의 것이라면 내 칫솔 옆에 꽂아두었을 테니까. 이렇게 화장실 바닥에 두었다는 것은 그가 다시 올 일이 없다고 생각했기 때문이겠지.

혼자 사는 집에 칫솔이 두 개 있다는 것은 자주 방문하는 이가 있다는 뜻이다. 그렇지 않은데도 칫솔이 두 개인 것은 기다리는 사람이 있어서다. 어느 날 칫솔이 하나만 남았다면, 그가 다시는 돌아오지 않으리라는 것을 알았기 때문이다. 혹은 그를 내 안에서 추방한 것이다.

    나는 화장실에서 나가다 말고 우뚝 멈춰 섰다. 화장실 수납장에서 새 칫솔을 하나 꺼내고, 그것을 내 칫솔 옆에 나란히 세워 두었다. 무슨 부적같이.
    내가 그리워할 사람은 아직 도착하지도 않았는데.

점, 선, 면 다음은 마음

수건

바닷가의 풍광이 머릿속에 펼쳐진다. 해안부터 수평선 끝까지 고깃배나 작은 섬 하나 눈에 걸리는 것 없는, 시원하고 잠잠하고 망망한 바다. 혹은 파도가 끊임없이 발목을 적시는 모래사장이나 휴양지 숙소의 창문 너머로 건너다보이는 해변. 수건을 볼 때면 문득 눈앞에 그려지는 바닷가의 모습들. 그때마다 파도의 높이라든가 시야는 조금씩 다르지만, 언제나 수건이 내게 주는 심상은 바다의 풍경을 벗어나지 않는다.

어째서일까. 그냥 그러려니 하고 넘겼던 일을 오늘은 곰곰이 따져본다. 해몽하듯이 수건은 왜 내게 바다의 이미지로 다가오는지 헤아린다. 첫째는 수건의 생김새 때문인 듯하다. 쫙 펼쳐놓은 수건은 앞에서는 면(面)으로, 옆에서는 선(線)으로 보인다. 내 상상 속에서 수건의 면은 수면(水面)으로, 수건의 선은 수평선으로 변주된다. 어두운 색채의 수건은 밤바다로, 밝은색 수건은 아침이나 정오 무렵의 눈부신 바다로 되살아난다.

막 세탁기에서 꺼낸 수건은 널기 전에 툴툴 털어 주름을 편다. 파도의 이미지는 이때 물결 모양으로 펄럭이는 수건에서 온 듯싶다. 볕 좋은 날 건조대에 널어놓은 수건이 창문으로 들어온 바람에 나풀거리는 데서 왔을 수도 있다. 아예 날아가 버리기에는 무겁고, 바람을 무시하기에는 너무 가벼운. 그래서 바람이 불 때마다 나부끼는 수건은 마찬가지로 바람에 등 떠밀려 수평선과 해안가 사이를 쉼 없이 오가는 파도를 닮았다.

휴양지 숙소에서 바라다보는 바다의 심상은 특히 흰 수건을 볼 적에 자주 떠오른다. 몇 번 가본 적 없지만, 동해에 놀러 가서 머물렀던 숙소에는 늘 새하얀 가운과 수건이 걸려 있었다. 집에서는 생전 입어본 일 없는 가운을 어색하게 걸친 채 창가에 끌어다 놓은 의자에 앉아 가만히 쳐다봤던 바다. 해변에 닿은 파도가 만드는 우윳빛 물거품. 그리고 욕실 수건걸이에 깔끔하게 접혀 있는 수건. 집에서 흰 수건에 얼굴을 닦을 때 불쑥 솟아나는 휴양지 바다의 심상은 이것들과 연관이 있다.

우리 집에 있는 수건은 총 열 장. 그중 한 장은 늘 수건걸이에, 나머지는 욕실 수납장이나 빨래통에 들어 있다. 손이나 얼굴을 씻은 것은 몇 번이고 다시 쓰지만, 샤워를 하고 몸을 씻은 수건은 빨래통에 집어넣는다. 너무 축축해서다. 빈 수건걸이에는 수납장에서 꺼낸 새 수건을 다시 건다. 수건걸이에서 빨래통으로, 세탁기로, 건조대로, 수납장으로, 다시 수건걸이로 돌아오는 궤적이 우리 집 수건의 생활이다.

어디가 시작인지는 잘 모르겠다. 닭이 먼저냐 달걀이 먼저냐 하는 질문과 비슷하다. 바로 수건걸이에 걸어 쓴 것도 있고, 새것이라 한 번 세탁해서 쓰려고 먼저 빨래통이나 세탁기에 넣은 것도 있고, 수납장으로 직행한 것도 있다. 무슨 표식을 새긴 것도 아니고, 순서대로 쓰는 것도 아니라서 한 장 한 장 수건의 생애를 다 기억하지 못한다. 어쩌면 그 수건 중 하나가 우리 집 사물들의 최고 선배일지도 모른다고 생각하면, 괜스레 미안하기도 하다.

이사할 때면 몇 가지쯤은 헌것을 버리고 새것을 사기 마련인데, 수건만큼은 그런 적이 없다. 우리 집에서 수건이 퇴출당하는 사태는 고양이나 내가 사고를 쳤을 때 벌어진다. 커피나 주스처럼 색깔이 있는 액체를 왕창 쏟았을 때다. 바닥을 흥건하게 적신 액체가 눈앞에서 점점 번지는 것을 보면, 나도 모르게 수건을 찾게 된다. 일단 액체가 더는 번지지 못하게 수건을 덮어두고, 휴지나 물티슈 따위로 뒷정리한다. 수건으로 시간을 버는 셈이다.

오염된 수건은 으레 빨래통이나 세탁기 안으로 들어간다. 세탁소까지 찾아가는 비싼 옷과는 처지가 다르다. 물든 데가 말끔히 씻기면 다행이지만, 얼룩이 남은 수건은 쉽게 버려진다. 사실 그대로 쓴다고 무슨 탈이 나지는 않는다. 그래도 왠지 얼룩덜룩한 수건은 쓰고 싶지 않다. 청결해야 한다는, 수건이 가진 이미지 때문일 테다.

수건은 순교자나 희생양처럼 남의 잘못을 덮어쓰고 사라진다. 오랫동안 타인의 몸을 구석구석 닦는 궂은일을 묵묵히 해온 그를 내 실수 때문에 저버리는 것이다. 세상에 작은 흠 하나 없는 사람이 어디 있을까. 속된 말로 털어서 먼지 안 나는 사람이 있을까. 사람이었다면 이해하고 용서하고 눈감아줄 만한 오점일 텐데, 유독 수건에는 가차 없다. 사물을 대하는 태도로 그 사람의 성정을 가늠한다면, 나는 몹시 매정하고 무자비한 사람이다. 우리 어머니는 못쓰게 된 수건을 걸레로라도 쓰며 품고 살았다. 무엇이든 허투루 버리는 법이 없었다.

부모님과 살던 집에는 항상 수건이 많았다. (그만큼 걸레도 많았다.) 욕실 수납장을 가득 채우고도 모자라 창고에도 포장을 뜯지 않은 수건이 가득했다. 모두 어딘가에서 받아 온 것이었다. 돌이켜보면, 어머니가 수건을 사는 것은 본 적이 없다. 돌잔치, 개업식, 퇴임식, 동창회 등 각종 행사 자리에서 선물로 받거나 어느 회사에서 홍보용으로 나눠주는 것을 얻어오고는 했다. 어머니에게 수건은 돈을 주고 사는 물건이 아니었다. 수건을 사는 것은 사치였다. 그렇게 돈 한 푼 들이지 않은 물건이건만 걸레가 될 때까지 쓰고, 더러워진 걸레 하나 버리는 것을 아까워했다.

처음 자취를 하려고 집을 나설 때 어머니는 내게 수건을 한가득 안겨줬다. 지금 수건을 개어놓은 수납장을 열어 확인해보니 그때 받은 수건은 한 장밖에 남아 있지 않다. 듣도 보도 못한 이름이나 엉뚱한 회사명이 적힌 수건을 쓰는 것이 어딘가 겸연쩍고, 또 우리 집에 놀러 온 누군가가 그것을 본다고 상상하면 괜히 부끄러워서 버린 것이 많다. 물론 나와 고양이의 허물을 뒤집어쓰고 버려진 것도 여러 장이다. 여태껏 살아남은 저 한 장 말고 다른 수건들은 모두 내가 돈을 주고 산 것이다.

"강한별 첫돌. 2012. 8. 20." 어머니에게 받은 수건 중 유일하게 간직하고 있는 것에 새겨진 문구다. 분홍색으로 테를 두른 하얀 수건. 문구 위아래로 토끼 한 마리와 알록달록한 하트가 그려져 있다. 어째서 이것만이 남았을까. 여느 수건과 다르게 귀여운 디자인도 한몫했겠지만, 어린아이의 이름과 그 아이의 첫돌을 기념하는 마음이 바느질된 것을 버리자니 공연히 죄스러운 마음이 들었나 보다.

이 수건을 보고 있자니 또 바닷가의 풍경이 눈앞에 어른거린다.

이번에는 파도를 발로 차며 노는 한 아이의 뒷모습도 거기 있다. 아이의 발길질에 아랑곳없이 다가와 발등을 적시고는 물러가는 파도. 문득 파도의 그 끝없는 율동이 마치 사람 간의 인연 같다. 이제껏 내가 만나고 헤어진 숱한 사람들. 내 마음 한 자락을 적시고 떠난 사람들과 밀려오는 파도처럼 앞으로 마주칠 사람들. 그중에 강한별도 있을까. 나는 그 이름과 생일을 몇 번이고 되뇐다. 언제고 강한별이라는 사람을 만나면 기억하려고. 생일을 물어 그 사람이 맞는지 확인하려고. 덕분에 한 시절 깨끗하게 살았다고 말하려고.

점과 점을 이으면 선이 되듯이, 사람과 사람을 이으면 인연이 된다. 선과 선이 모이면 면이 되듯이, 인연과 인연이 모이면 세상이 된다. 수건들은 내게 점, 선, 면 다음은 마음이라고 말한다. 처음에는 그저 아무렇게나 덩그러니 놓여 있을 뿐인 하나의 점. 그것은 선과 면이 되었다가 마침내 면과 면이 만나 입체가 되며 부피를 갖는다. 부피는 곧 깊이다. 한 장의 수건, 아니 물기를 머금고 머금어 한 장의 바다가 된 수건. 나는 젖은 얼굴을 닦을 때마다 그 깊고 깊은 수건에 사는 심해어 같은 마음들과 입을 맞춘다.

3부

희미해지는 것은 깊어지는 일

당신이 바꾸어놓은 세계

천장

찰스 디킨스의 소설 『크리스마스 캐럴』의 주인공이자 악랄하고 지독한 구두쇠의 대표 격인 스크루지. 그는 크리스마스 전날 밤 7년 전에 죽은 동업자의 유령을 만나 자신의 과거와 현재, 그리고 미래를 돌아본다.

스크루지는 이 하룻밤을 통해 그동안 자신이 지은 죄를 깨닫고, 뉘우친다. 그는 크리스마스 아침에 길고 길었던 꿈에서 깨어나며 마침내 이렇게 탄식한다.

"아아, 어제와 다름없는 오늘 아침인데 내 마음은 왜 이렇게 가벼울까. 내 마음은 왜 이렇게 새털처럼 가볍고 명랑할까."

어째서인지 평소보다 일찍 잠에서 깬 크리스마스 아침. 눈을 뜨

자마자 당신이 생각났다. 시린 손을 붙잡고 같이 걷는 정오의 크리스마스 거리를 상상했다. 반짝이는 크리스마스트리를 바라보며 서로의 접시에 음식을 덜어주는 저녁을 머릿속에 그렸다.

유령같이 흩어지는 입김을 호호 불며, 집으로 함께 돌아가는 우리의 모습도 상상했다. 가로등 불빛이 비치는 눈길 위에 떠 있는 두 개의 그림자. 그때 어제와 다름없는 골목길을 걷는 내 그림자는 얼마나 가벼울까. 어둠 속으로 스미는 우리의 그림자는 왜 그렇게 가볍고 명랑할까.

책 속의 유령은 꿈속에서 스크루지를 일깨워 그의 현실을 바꿔놓았지만, 당신은 내 옆에 있는 것만으로 현실을 꿈처럼 바꾸어놓는다. 순간순간 내가 더 좋은 사람이 되고 싶게끔 한다. 스크루지가 그랬던 것처럼 나를 새사람으로 만든다. 당신을 볼 때마다 나는 다시 태어난다.

이유 없이 가슴 설레는 이 크리스마스 아침에, 그러나 당신은 없다. 눈앞에 보이는 것은 눈이 녹은 진창길처럼 축축하게 색이 바랜 천장. 그것은 집에서 바라보는 하늘이다. 자리에서 일어나 까치발을 들고 팔을 쭉 뻗어도 닿을 듯 말 듯 끝내 닿지 않는.

천장이 집의 하늘이라면 눈꺼풀은 내 몸의 하늘이다. 눈꺼풀을 다물면 새까만 먹구름이 덮인 하늘처럼 나는 깜깜하다. 한참 옴나

위도 않은 채 그 컴컴함 속에 머물다 보면, 문득 크리스마스트리 전구 같은 당신의 눈빛이 떠오르고. 어디선가 가는 휘파람 소리 같은 캐럴도 들려오는 듯하다.

당신의 뒷모습을 따라 과거와 현재, 그리고 미래를 돌아보는 크리스마스 아침. 나는 길고 길었던 꿈에서 깨어나며 끝내 이렇게 읊조린다. 메리 크리스마스.

메리 크리스마스. 한 번은 나에게, 한 번은 당신에게. 나는 여기 있고, 당신은 저기 있지만. 누구에게나 크리스마스는 공평하게 찾아오니까. 가난한 마음을 가리지 않고.

오해 없이

안경닦이

내가 하는 일이 대체로 그렇지만, 오늘도 한 가지 바보짓을 했다. 어느 때처럼 모니터를 보며 일하는데, 문득 화면에 묻은 티가 눈에 띄었다. 안경닦이로 닦는데 아무래도 지워지지 않았다. 무슨 먼지가 이렇게 고집이 센지, 나도 질세라 한참을 그것과 씨름했다.

혼자 여차여차한 일은 민망하니 제쳐두고, 결론만 말하자면 모니터에는 아무런 티도 묻어 있지 않았다. 안경알에 먼지가 앉아서 그렇게 보인 것뿐. 허탈하고 스스로 한심한 마음에 헛웃음이 났다.

그런데 허탈함과 한심함은 잠깐이었다. 내가 이런 식으로 누군가를 오해한 적이 있을지도 모른다는 생각에 이내 등골이 서늘해졌다. 건너 들은 험담이나 선입관, 편견, 고정관념 등등. 이런 것들이 안경의 티끌과 다르지 않았다.

안경알이 뿌여면 세상도 뿌옇다. 안경알이 얼룩지면 세상도 얼룩진다. 마음도 마찬가지다. '마음의 창'이라는 말도 흔히 쓰거니와 '도(道)'나 '마음'을 '닦는다'라고 표현하는 것도 그래서일 테다. 내가 애먼 모니터 화면을 열심히 닦은 어리석음을 옛사람들은 이미 경계하고 있었다.

모두가 사실을 있는 그대로 보기만 해도 세상이 한결 살 만할 텐데. 나는 세상에 판을 치는 가짜 뉴스를 떠올리며, 안경을 열심히 닦았다. "그러고 나니 세상이 또렷해졌다." 이런 말로 마무리가 되었다면 좋았겠지만, 현실은 그렇지 않았다. 언제 이렇게 더러워졌는지 모를 안경닦이에 오히려 안경알이 더 흐릿해졌다.

안경닦이야 새로 사면 되겠지만, 이것이 마음의 일이라면 어떻게 해야 할까. 마음을 새것으로 갈아 끼울 수는 없으니, '마음을 닦으려는 마음'을 잊지 않는 수밖에 없다. 어렵고 복잡한 일이다. 애써 사랑하려고 노력하지 않아도 사랑하는 마음은 잘도 일어나는데, 같은 마음의 일이 어떻게 이리 다른지 모르겠다.

나는 어수선한 생각을 매듭지으려고 안경도 벗고, 눈도 감았다. 거기에서 닦지 않아도 선명하고, 티가 묻어도 예쁘기만 한 얼굴을 만났다. 그 얼굴은 내가 원래 바보 같은 것을 알고 있어서 오늘 내가 벌인 바보짓을 들으면서도 그저 웃기만 했다.

희미해진다는 것

키보드

새해 벽두에는 평소보다 의욕이 넘치기 마련이다. 누구나 새로운 목표를 세우고, 올해는 그것을 꼭 이루겠다고 다짐하는 시기. 벌써 2월이라 새해라고 하기에 좀 민망한 감도 있지만, 구정을 기준으로 하자면 이제 시작이다.

사실 무슨 일을 결심하고 실천하는 데 신정이면 어떻고, 구정이면 어떤가. 새 마음, 새 뜻을 가지면 그날이 첫날이고, 새날이지. 구정에서 며칠이 지난 오늘. 나는 이런 마음가짐으로 몇 달 동안이나 벼르고 별렀던 일을 하기로 했다. 바로 키보드 청소다.

정확히 기억나지는 않지만, 내가 쓰고 있는 A사의 키보드는 구매한 지 적어도 3년은 넘었다. 겉모습이 타자기 자판을 닮은 기계식 키보드다. 예나 지금이나 내게는 타자기로 글을 쓰고 싶다는 작은 소망이 있는데, 원고를 전자우편으로 주고받는 요즘의 현실에서는 어려운 일이다. 그래서 내 딴에는 큰마음 먹고 거금을 들여서 산이 키보드로 대리 만족하고 있다. 꿩 대신 닭이지만, 닭이면 또 어떤가. 꿩을 제대로 맛본 적이 없어서인지 닭에 별 불만은 생기지 않는다.

데스크톱 컴퓨터용으로 흔히 쓰는 멤브레인 키보드나 노트북의 펜타그래프 키보드와 다르게 기계식 키보드는 키 하나하나에 스프링이 달려 있다. 키를 누르면 스프링의 반발력이 타자기를 치는 듯한 손맛을 줄 뿐 아니라 손가락의 피로감도 덜어준다. 단점이라면 소음이 심하다는 것인데, 혼자 사는 사람에게 그것은 전혀 문젯거리가 아니다. 더구나 내 귀에는 키보드를 칠 때마다 방 안에 타다닥타다닥 울리는 소리가 건반악기의 선율처럼 들린다. 타자기로 글을 쓰는 것 말고 내게는 또 하나의 작은 바람이 있는데, 악기를 하나쯤 연주할 줄 아는 것이다. 역시 꿩 대신 닭이지만, 일단은 그 바람도 키보드를 두드리는 일로 대신하고 있다. 글쓰기는 대체로 괴로운 노릇이지만, 타자는 언제나 악기를 연주하듯이 즐겁다.

아주 손쉬운 일을 두고 흔히 "눈 감고도 한다."라고 표현한다. 내게는 키보드 연주가 그렇다. 얼마든지 눈 감고도 칠 수 있다. 빠르기도 정확성도 제법이다. 어떤 일이든 꾸준히 하면 그 분야의 전문가가 되는데, 나는 글짓기보다는 타자의 숙련공이 되었다. 글 쓰는 일을 업으로 삼기보다는 속기사나 키보디스트가 돼야 했었을까.

속기사는 타인의 말을 받아 적지만, 작가는 자기 내면의 소리를 받아 적는다. 키보디스트가 연주한 음은 허공중에 사라지지만, 작가가 연주한 음은 종이에 새겨진다. 혼자 있기를 즐기는 내게는 역시 골방의 타이피스트가 제격이다. 또한 나는 반성할 것이 많은 인간이라서 한번 건반을 누르면 돌이킬 수 없는 키보드보다는 백스페이스키가 있는 키보드에 더 마음이 간다.

생계 수단이자 유일하게 연주할 줄 아는 타악기인 키보드. 깨끗하지 않다는 것은 알고 있었지만, 자세히 보니 짐작보다 훨씬 지저분했다. 키에는 누르끄름하니 손때가 묻어 있고, 키 사이사이로 묵은 때와 먼지와 고양이 털 따위가 엉겨 붙어 있었다.

나는 먼저 키캡을 하나하나 떼어냈다. (기계식 키보드는 키캡을 쉽게 떼고 꽂을 수 있다. 가끔 고양이들이 이빨이나 손톱으로 빼서 가지고 놀기도 한다.) 키캡에 가려져 있던, 땟국에 전 키보드의 민낯이 드러났다. 나는 그것을 솔과 물수건으로 깨끗이 청소하고, 104개의 키캡도 하나하나 닦았다. 그러면서 보니 손끝이 자주 닿은 것들은 한눈에 티가 났다. 유독 손때가 짙거나 키캡에 인쇄된 문자가 닳아서 희미했다. 특히 스페이스 바와 엔터키, 백스페이스키 그리고 ㅇ키와 ㄹ키가 그랬다.

스페이스 바는 한 단어에서 다음 단어로 넘어갈 때 누른다. 엔터 키는 한 문장이나 한 문단을 다 쓴 다음에 친다. 백스페이스키는 이미 쓴 것을 지울 때 두드린다. 104개의 키 중에서 이것들을 유난히 많이 쓴 데는 그만한 이유가 있다. 손때 묻은 이 세 개의 키는 글쓰기 그 자체다.

단어와 단어를 징검다리처럼 건너가는 스페이스는 포기하지 않고 글을 써 나가려는 노력이다. 엔터는 끝내 글을 매듭지으려는 의지다. 백스페이스는 결연히 고치고 다듬음으로써 더 나은 글을 완성하려는 몸부림이다. 이 세 가지 없이 글은 쓰일 수 없다. 스페이스 바, 엔터키, 백스페이스키에는 한 편의 글이 지나왔고, 지나고 있으며, 지나야 할 것들이 담겨 있다.

그러면 여러 자음과 모음 중에서 ㅇ과 ㄹ만 눈에 띄게 흐릿한 것은 왜일까. '을/를'이나 '은/는/이/가' 따위의 조사를 자주 써서 그런 것일까. 그렇다면 왜 ㄴ은 멀쩡할까. 나는 104개의 키캡을 도로 제자리에 끼우며 고민했지만, 끝내 이 수수께끼의 답을 찾지 못했다.

ㅇ과 ㄹ처럼 사람 간에도 좋은 쪽으로나 나쁜 쪽으로나 유독 자주 부딪치는 이들이 있다. 손끝으로 툭툭 자판을 치듯이 자꾸 마음을 두드리는 사람이 있다. 다행한 점은 손이 닿을수록 자판에 새겨진 문자는 흐릿해지고, 스프링의 탄력도 점점 약해지지만, 사람

과 사람 사이는 그렇지 않다는 것이다. 오히려 내가 희미할수록 우리는 서로에게 더 잘 스며들 수 있다. 누군가의 앞에서 약해진다는 것은 그만큼 그 사람을 사랑한다는 뜻이다. 희미해지고 약해지는 것은 깊어지는 일과 같다.

ㅇ, ㄹ은 ㄴ, ㅁ과 더불어 울림소리로 분류된다. 발음할 때 목청이 떨려 울리는 소리다. 사람과 사람 사이의 일을 헤아리다 보니, 다른 것보다 먼저 닳아버린 ㅇ과 ㄹ의 비밀을 알 듯도 싶다. 어쩌면 나는 ㅇ과 ㄹ이 함께 들어간 '울음'이나 '사랑' 같은 말들을 너무 많이 연주한 것은 아닐까.

당신에게 더 다가가려고 스페이스 바를 누르고, 이제는 마음을 접으려고 엔터키를 치고, 그러다 후회하고 반성하는 마음으로 또 되돌아가고 싶은 욕심에서 백스페이스키를 눌렀는지도 모르겠다. 꼭 닫힌 문을 노크하듯이.

하나의 문으로 열리는 천 개의 방

문

문은 할 말이 많은 사물이다. 혼자가 되고 싶을 때, 조용히 있고 싶을 때, 방해받기 싫을 때, 집중하고 싶을 때, 가리고 싶을 때, 숨고 싶을 때, 숨기고 싶을 때, 들키기 싫을 때, 다가오지 못하게 할 때, 가두어 둘 때, 사랑할 때, 모의할 때, 비밀을 만들 때, 곤히 자고 싶을 때, 세상을 외면하거나 세상과 단절하고 싶을 때, 지키고 싶을 때, 침잠하고 싶을 때. 그리고 밖을 보고 싶을 때, 바깥으로 나가려고 할 때, 나가라고 할 때, 답답할 때, 보아주기를 바랄 때, 초대할 때, 환기할 때, 볕바라기할 때, 세상과 이어지고 싶을 때, 막고 싶지 않을 때, 당신을 믿을 때, 두 팔 벌려 환대하고 싶을 때. 문은 사람의 입처럼 열고 닫히며 말을 한다. 문을 여닫는 손길에 담긴 마음에 따라 하나의 문은 천 개의 방으로 이어진다.

따듯해서 시원한

부채

부채의 계절이다. 요즘은 휴대용 손 선풍기를 많이 쓰지만, 날이 더워지기 시작하면 나는 부채부터 찾는다. 여름이면 홍보용이나 사은품으로 여기저기서 부채를 나눠준다. 대부분 둥그렇거나 네모난 플라스틱 부채다. 나는 그런 부채는 별로 좋아하지 않는다. 바람도 변변치 않거니와 경박스럽게 팔락거리는 몸짓도 마음에 들지 않아서다.

내가 찾는 것은 옛사람들이 쓰던 쥘부채다. 지인 중에 여름이면 쥘부채에 그림을 그려 파는 이가 있는데, 매년 그에게 하나씩 선물받은 것이 벌써 여러 개다. 딱딱한 플라스틱 부채에 비하자면 쥘부채에는 여러 장점이 있다. 일단 휴대가 간편하다. 접으면 손에 들고다니기도 좋고, 주머니에도 쏙 들어간다. 한 번에 부채가 착 펴지는 맛도 좋다. 차곡차곡 접혀 있던 큼직한 날개와 함께 펼쳐지는 산수화를 보는 것도 운치 있는 일이다.

가만히 앉아서 가볍게 손목을 까딱거리며 부채를 부친다. 집에는 선풍기도 에어컨도 있지만, 그것들이 일으키는 바람과 부채 바람은 사뭇 다르다. 선풍기 바람이 쏟아진다는 느낌이라면, 부채 바람은 쓰다듬는 느낌이다. 에어컨 바람이 막무가내로 방 전체를 겨냥한다면, 부채는 쐬고 싶은 데를 골라서 바람을 보낼 수 있다. 선풍기와 에어컨의 바람이 인공적이라면, 부채 바람은 자연의 그것에 가깝다.

무엇보다 부채 바람이 좋은 것은 거기에 깃드는 마음 때문이다. 부채를 부치는 데는 품이 든다. 특히나 저 자신이 아니라 남에게 부채를 부치는 일은 수고롭다. 내 몸이 더운 것을 참고, 그 수고로움을 견디며, 누군가에게 부채를 부치면, 없던 것이 생겨난다. 눈에 보이지 않는 무엇이 일어나 그에게 닿는다. 부채 바람이 그의 살결을 식힐 때마다 우리 사이에 무언가가 있음을 느낀다. 보이지 않아도 분명히 전해지는 것이 있다.

마음의 기류랄까. 이를테면, 은근한 눈빛이나 끈끈한 분위기 같은 것 혹은 할머니의 약손 같은.

사랑을 쓰기 좋은 곳

화이트보드

'쓰다'라는 말을 국어사전에서 찾아보았다. 문득 요즘같이 키보드로 글을 쓰는 시대에는 "글을 쓴다."가 아니라 "글을 친다."가 맞는 말이 아닌가 싶었기 때문이다.

표준국어대사전을 보니 '쓰다'에는 두 가지 의미가 있었다. "1. 붓, 펜, 연필과 같이 선을 그을 수 있는 도구로 종이 따위에 획을 그어서 일정한 글자의 모양이 이루어지게 하다. 2. 머릿속의 생각을 종이 혹은 이와 유사한 대상 따위에 글로 나타내다." 나는 1번 뜻만을 염두에 두었던 것인데, 2번 뜻을 헤아리면 글은 여전히 치는 것이 아니라 쓰는 것이 맞았다.

그러고 보면 예전에 수기(手記)로 글을 쓸 때는 1번과 2번이 동시에 이루어졌다. 손에 잡은 펜으로 한 글자, 한 글자를 쓰는 것이

곧 글을 쓰는 일이었다. 키보드로 글을 쓰는 지금은 거기서 1번의
의미가 사라져버렸다. 있던 것이 사라졌는데, 달라진 것이 없을 리
없다.

　수기로 쓰는 것과 컴퓨터로 쓰는 것의 제일 큰 차이는 수정의 수
월함이다. 종이에 글을 쓸 때는 실수하지 않으려고 정신을 집중하
게 된다. 잘못 쓰면 줄을 직직 긋거나 지우개, 수정액 따위로 지우
거나 교정부호를 쓴 다음 다시 써야 한다. 품도 많이 들지만, 보기
에도 좋지 않다. 지저분할 정도로 고쳐 쓴 데가 많은 원고는 아예
처음부터 새로 써야 할 때도 있다.
　반면 컴퓨터의 문서 작성 프로그램은 아무리 고쳐 써도 흔적이
남지 않는다. 이렇게 글을 수정하는 데 부담이 없어지면서 글의 형
식과 내용도 변한 것 같다. 이를테면 수기의 시대에서 지금에 이르
는 동안 시(詩)의 산문화 경향이 뚜렷해진 것도 이와 무관하지 않은
듯싶다. 시어 하나를 쓰는 데 들이는 신중함이 예전과는 다르달까.
무엇이 더 낫거나 그르다는 이야기는 아니다. 그냥 그렇게 변했다
는 것이다.
　작가 하면 떠오르는 이미지도 달라졌다. 옛날 드라마에 나오는
작가는 책상에 앉아 붉은 줄이 죽죽 그어진 원고지를 내려다보며
머리를 쥐어뜯는다. 그 주변으로는 구겨진 원고 뭉치가 여기저기

굴러다닌다. 지금도 머리를 쥐어뜯기는 마찬가지지만, 컴퓨터 앞에 앉아서 고뇌하는 작가의 모습은 보기에 한결 깔끔하다. 또 작가가 두툼한 원고 뭉치를 들고 출판사를 찾아가는 장면도 더는 보이지 않는다. 이메일이 있기 때문이다.

종이와 펜에서 모니터와 키보드로 급격히 바뀐 집필 환경을 이야기하다 보니, 그 중간에는 다른 무엇이 없었는지 생각해보게 된다. 먼저 타자기가 떠오르는데, 나는 타자기를 써보지 못했다. 타자기와 비슷한 느낌이라는 기계식 키보드를 쓰기는 하지만, 자판을 치는 대로 곧바로 종이에 활자가 새겨지는 타자기의 장단점을 실감할 수는 없다.

타자기 다음으로 떠오른 것은 화이트보드다. 화이트보드는 넓은 판에 손으로 글씨를 쓴다는 점에서는 종이와 펜에 가깝지만, 지우고 다시 써도 큰 흔적이 남지 않는다는 점에서는 문서 작성 프로그램을 닮았다. 타자기와 달리 지금까지 살아남아 쓰이는 물건이기도 하다.

내 방에도 벽 한쪽에 화이트보드가 걸려 있다. 나는 여기에 중요한 일정이나 메모 등을 적어둔다. 문서 작성 프로그램처럼 하얀 바탕에 검은색, 파란색, 빨간색 등으로 써놓은 글은 방을 오갈 때마다 곧잘 눈에 띈다. 덕분에 나는 그것들을 잊지 않을 수 있다.

화이트보드에 쓴 글씨는 바로 지우면 깔끔하게 없어지지만, 오래 두면 잉크가 눌어붙어 잘 지워지지 않는다. 어렵사리 지워도 거기에는 흐릿한 흔적이 남는다. 공책에 펜을 너무 눌러쓰면 뒷장에 그대로 자국이 생기듯이. 어떤 것은 그저 스쳐 간 일이 되지만, 어떤 것은 머릿속에 새겨져 끝내 잊히지 않듯이.

자세히 보니 내 화이트보드에도 그런 흔적이 가득하다. 흰 바탕 곳곳에 미처 깨끗이 지우지 못한 얼룩들이 흉터처럼 남아 있다. 흔적, 자국, 얼룩, 상처, 흉터가 꼭 나쁜 것만은 아니다. 나는 벽에서 화이트보드를 내려 무릎 위에 올려놓고 정성껏 글씨를 썼다. 언젠가 내가 그만 싫은 마음에 지워버릴지라도, 끝내 잊고 싶지는 않은 이름이었다.

당신이 바꾸어놓은 세계

사물들

당신이 떠난 후 집 안 풍경이 달라졌다. 당신은 아주 잠시 머물다 갔을 뿐이지만, 이곳은 당신을 기억하는 것이다.

땅속에 묻혀 있던 유물을 발굴하는 고고학자같이, 나는 그것들에 새겨진 기억을 좇는다. 고고학자의 손에 들린 붓처럼 부드럽고 조심스러운 눈길로. 또 신중한 발길로.

책장 깊숙이 밀어 넣지 않아서 다른 것들보다
조금 삐져나와 있는 한 권의 책

당신은 책장 앞을 서성거렸다. 책 한 권을 뽑아서 슬쩍 훑어보다가 이내 원래 있던 자리로 돌려놓았다. 당신이 무심한 손길로 책을 넘겨보는 사이 그 책이 있던 자리는 꼭 그만큼 비어 있었다. 그 빈자리로 연인의 어깨에 머리를 기대듯이 몸을 기울인 책이 있었다.

당신이 손에 들고 있던 책을 다시 책장에 꽂았을 때. 모든 것이 제자리로 돌아간 듯싶었지만, 혼자 새끼손톱만큼 바깥으로 나와버린 그 한 권의 책. 그것은 이제 전과 다른 책이다. 그 책을 볼 때마다 내 머릿속에 떠오르는 것은 책의 내용이 아니라 그 책을 넘겨보던 당신의 뒷모습이다.

식탁 밖으로 삐뚜름히 빠져나와 있는 의자
그리고 식탁 위의 바나나 껍질과 머그잔

식탁 밖으로 비뚤게 나와 있는 의자 하나. 당신은 여기에 앉아서 바나나 한 개를 먹고, 커피 한 잔을 마셨었다. 지금 식탁 위에는 갈변하여 얼룩덜룩한 바나나 껍질이 놓여 있다. 당신이 어디에 버리느냐고 물어본 것을 내가 나중에 치울 테니 그대로 두라고 한 것이다. 또 바닥이 커피색으로 얼룩진 머그잔도 있다. 당신의 입술이 닿았던 자국을 희미하게 간직한 채.

집 안을 오며 가다가 괜스레 치우기를 미루고 있는 그것들을 보면, 불쑥 찾아온 당신에게 대접할 것이 없어서 미안했던 마음이 되살아난다. 당신이 바나나 한 개를 먹고, 커피 한 잔을 마시는 동안 우리가 나눴던 이야기가 떠오른다. 마치 오르골처럼.

알맹이가 사라져버린 바나나 껍질과 빈 머그잔. 내가 그랬다면 진작 치웠을 것들이 당신이 떠난 뒤에는 그대로 남아서, 바래고 눌어붙고 있다.

열려 있는 변기 커버와 물기가 마르지 않은 세면대와
수건걸이에 비스듬히 걸려 있는 수건

화장실에서 볼일을 보고, 세면대에서 손을 씻고, 젖은 손을 수건에 닦는다. 당신도 했을 행동을 되풀이하며, 당신도 나와 다르지 않은 사람이라는 것을 깨닫는다. 그래, 당신도 뼈와 살로 이루어진 사람이지. 이 새삼스러운 사실이 묘한 위안이 된다.

수건걸이에 새 수건을 걸고 화장실에서 나온다. 바나나 껍질을 음식물 쓰레기봉투에 담고, 머그잔을 설거지한다. 식탁 의자도 식탁 아래로 바투 집어넣는다. 홀로 튀어나온 책도 다른 책들과 나란하게 맞춘다. 방바닥에 떨어져 있던 머리카락도 줍는다.

내 것이 아닌 머리카락을 보며, 우리는 다르지 않은 사람이지만 또 같은 사람도 아니라는 것을 다시 새삼 깨닫는다.

방바닥에 떨어져 있던 머리카락

머리카락은 다른 사물과는 다르다. 다른 사물들은 당신과 몸이 닿았을 뿐이지만, 머리카락은 한때 당신 그 자체였다. 얼마 전까지는 당신의 일부였던 것이 당신에게서 떨어져나오며 별개의 사물이 되었다. 한때 당신이었던 것을 냉큼 쓰레기통에 버리자니 못내 마음에 걸린다.

사실 사람은 한시도 같은 사람일 수 없다. 눈에 보이지 않지만, 우리 몸의 세포는 끊임없이 죽고 새로 태어난다. 조금 전까지 나를 구성하고 있던 세포와 지금 나를 이루고 있는 세포는 같지 않다. 우리의 몸은 늘 새롭다. 우리는 태어나서 죽을 때까지 한 번도 똑같은 사람인 적이 없다.

당신에게서 탈락한 머리카락을 손바닥 위에 올려놓고 가만히 내려다본다. 가늘고 길고 새까만 그것을 쳐다보며, 나를 나로서 당신을 당신으로서 있게 하는 것이 무엇인지 헤아린다. 불면 날아가 버릴 것과 어떤 세파에도 끝끝내 제자리를 지킬 것을 생각한다.

당신이 바꾸어놓은 세계에 사는 사물들

책도 의자도 바나나 껍질도 머그잔도 수건도 인제는 당신이 있던 때와는 다르게 있다. 쉼 없이 세포가 생멸하는 우리 몸처럼, 이 집 안에도 항상 무언가 죽고 다시 태어난다. 세상에 영원불변한 것이라면 어쩌면 존재할지도 모를 신(神)뿐이다.

그래서 당신이 보고 싶은 오늘만큼은 신을 믿기로 한다. 신은 삼라만상에 깃들어 있다고 하니 이 집은 신전으로, 집 안의 사물들은 성물로, 거기에 서린 추억은 신의 기억이라고 믿어버린다. 아무것도 변하지 않고, 사라지지 않도록.

사물에 닿은 손길은 거기에 흔적을 남긴다. 우리가 사물을 떠나도, 사물은 그 흔적으로써 여전히 우리를 기억한다. 그리고 흔적이 깃든 사물은 또다시 그것을 바라보는 마음에 흔적을 새긴다. 당신이 지금 여기에 없어도, 흔적들이 당신을 이곳으로 불러온다.

모든 사물은 기억을 표지하는 책갈피다. 사물과 당신과 나. 우리는 약속을 하는 새끼손가락들처럼 마주 걸려 있다.

더는 욕이 아닌

쓰레기

쓰레기통을 비운다. 턱밑까지 쓰레기가 들어찬 쓰레기봉투를 위에서 한 번 꾹 누른 다음 묶는다. 쓰레기를 치울 때마다 드는 생각인데, 혼자 사는 집에서 쓰레기가 너무 많이 나온다.

무엇을 사든 포장이 되어 있지 않은 물건이 없다. 포장이나 용기는 대부분 쓰레기가 된다. 하다못해 하루에 라면 한 봉지라도 먹지 않으면 살 수 없으니, 아무리 검소해도 하루를 살면 꼭 하루만큼의 쓰레기가 생긴다.

소비하지 않고는, 쓰레기를 만들지 않고는 살 수 없다. 인간으로, 현대인으로, 문명인으로, 문화인으로 살기 위해서는 쓰레기를 만들 수밖에 없다. 그리고 그 쓰레기를 배출 요령에 따라 분류하여 버리는 데에도 공부가 필요하다. 제로웨스트(Zero Waste)나 친환

경운동 등을 보면 쓰레기를 잘 대하는 것도 인제는 교양인의 덕목이다.

그것을 '쓰레기 교양'이라고 부를 수 있을까. 산다는 것이 결국 쓰레기를 만드는 일이라면, 이 말이 품고 있는 아이러니는 꽤 그럴듯하다. 누군가에게는 '쓰레기 교양'이 말 그대로 전혀 신경 쓸 가치가 없고, 귀찮기만 한 것일지 모른다. 그러나 또 누군가에게는 이것이 인생관이나 세계관의 다른 표현일 수도 있다.

쓰레기를 버리는 데도 돈이 드는 시대. 쓰레기를 버리는 사람이 따로 있고, 그것을 수거하는 사람이 따로 있다. 쓰레기를 수출하는 나라가 있고, 그것을 수입하는 나라가 있다. 어떤 쓰레기를 얼마나 생산하느냐로 부(富)를 가늠할 수 있다. 쓰레기를 버리는 일에도 힘과 권력이 뒤따른다.

집 바깥에 쓰레기봉투를 버려두고, 빈손으로 돌아오는 길. 나는 이 세상에 태어나 쓰레기만 만들다가 가는 것은 아닌지 못내 씁쓸하다. 내가 만들고 버린 쓰레기가 바로 나다. 누구든 내가 버린 쓰레기봉투를 뒤진다면, 그는 나에 관해 많은 것을 알게 될 테다. 그 속에는 나란 인간의 면면과 내 생활이 적나라하게 들어 있다.

쓰레기에 담긴 교양, 쓰레기가 품은 부와 힘과 권력, 쓰레기가 말해주는 삶을 생각하니 "쓰레기 같다."라는 말도 더는 함부로 쓸 수 있는 욕이 아닌 듯하다.

끝과 시작

커튼

커튼을 닫는다. 딱히 그래야겠다고 생각하고 하는 일은 아니다. 눈을 감으면 저절로 떠오르는 얼굴처럼, 매일 밤 침대에 누울 때면 몸이 저절로 하는 일. 침실에 하나뿐인 창문을 커튼으로 가리면, 방 안은 완연히 어둠에 잠긴다. 나는 어둠에 어두움을 덧칠하듯 눈을 감는다. 누군가의 얼굴을 떠올리기 위해서는 아니다.

나를 재우는 커튼은 도시의 산물이다. 도시는 한밤중에도 가로 등과 네온사인으로 환한 불야성. 만약 집이 생물이라면, 창문은 집의 눈일 것이다. 그렇다면 커튼은 집의 눈꺼풀. 도시 생활자는 잠들기 전 커튼으로써 바깥세상에서 들어오는 빛을 막는다. 자신의 눈을 감기 전에 집의 눈을 먼저 감긴다. 도시의 불빛은 이중의 눈꺼풀이 필요할 만큼 강렬하다.

누군가는 커튼에 더해 수면 안대도 쓴다. 커튼을 치고, 안대를 쓰고, 마지막에 눈꺼풀을 닫는 사람을 상상해본다. 그는 얼마나 빛에 예민한 것일까. 삼중으로 덧칠한 어둠 속에서 얼마나 깊은 잠에 빠지고 싶은 것일까. 슬프거나 외롭거나 너무 고단해서 마음마저 어둡다면, 그는 네 겹의 어둠에 갇힌 셈이다. 도시에도 우물이 있다면, 바로 그의 가슴속일 테다.

우리는 언제부터 커튼을 사용했을까. 우리 조상은 커튼이 아니라 창호지나 병풍을 썼다. 창문을 가릴 때는 창호지를 바르고, 방안에 가릴 것이 있을 때는 병풍을 둘렀다. 이제는 창호지나 병풍을 쓰는 집을 찾아보기 어렵다 보니 이 말 자체를 입에 올리거나 들을 일도 별로 없다. 그나마 병풍이라는 말은 종종 듣게 되는데 대부분 실제 병풍을 일컫지 않는다.

요즘 병풍은 유난히 존재감이 없거나 어떤 자리에서 유독 가만히 있는 사람을 비유하는 의미로 쓰인다. 모두가 주목받기를 바라는 세상에서 사람을 병풍에 비유하는 데는 조롱이 섞여 있지만, 나는 "병풍 같다."라는 말이 싫지만은 않다. 병풍 같은 이는 부끄러움을 아는 사람, 배려하는 사람, 양보하는 사람, 저 자신을 다스릴 수 있는 사람, 분수를 아는 사람, 조화로운 사람, 물러날 때를 아는 사람이다. 병풍의 미덕이랄까.

병풍과 커튼의 미덕은 가만히 있는 것이다. 둘 다 무언가를 가리려는 용도이니 잘 움직이지 않을수록 좋다. 또한 병풍은 바람을 막는 데나 장식용으로도 쓰인다. 커튼도 단지 빛을 차단하는 데만 쓰이지는 않는다. 우리는 집 안을 바깥에 보이기 싫을 때, 숨기거나 가리고 싶을 때, 들키고 싶지 않을 때 커튼을 친다. 이럴 때 창문을 조금 열어두었다고 해서 커튼이 바람에 펄럭여서는 곤란하다.

집은 제자리를 못 지키는 커튼에 의해 속사정을 들키고, 사람은 표정에서 속마음을 들킨다. 커튼이야 진중한 녀석으로 다시 사면 되지만, 표정 관리는 언제나 어렵다. 불쑥 마음의 커튼을 열어젖히는 사람이 있다. 그런 사람 앞에서는 그러지 않겠다고 무겁게 속다짐해도 소용없다. 끝내 들키고야 만다. 결국, 마음을 엿보이고 만다. 몇 날 며칠이고 청소를 미루어 돼지우리 같은 방 안을 들킨 것처럼, 그럴 때 붉어지는 얼굴은 어떤 커튼으로도 가릴 수가 없다.

근래는 커튼보다 블라인드가 더 눈에 띈다. 커튼보다 가볍고, 청소하기도 쉬워서 그럴 테다. 더욱이 블라인드는 실내로 들어오는 빛을 조절하는 면에서 커튼보다 섬세한 물건이다. 커튼은 여닫기만 할 수 있지만, 블라인드는 사이사이를 마음대로 벌리고 닫을 수 있다. 그렇지만 나는 여전히 커튼을 쓴다. 그것만이 주는 특별한 느낌 때문이다.

커튼을 확 열어젖힐 때면 기분이 좋다. 게으름도 무언가에 꽁해 있던 마음도 좀 가시는 듯하다. 커튼을 여닫는 데는 극적인 재미도 있다. 커튼은 공연의 시작과 끝을 알리는 막을 닮았다. 아침에 커튼을 열면, 새로운 오늘이라는 무대의 막이 오른다. 커튼이 열리며 한꺼번에 쏟아지는 햇빛이 스포트라이트처럼 나를 감싼다. 그러면 나는 나야말로 내 인생의 주인공임을 실감한다.

하루 공연은 만족스러운 날도 있고, 실망스러운 날도 있다. 평가는 오직 내 몫이다. 이 공연의 준비 과정부터 피날레까지 빠짐없이 제대로 본 사람은 나밖에 없으니까. 공연을 망친 것 같아도 괜찮다. 커튼을 닫으며 오늘 펼친 연기를 되돌아보고, 내일은 좀 더 잘하자고 다짐하면 된다. 스스로 손가락질하든 박수갈채하든 내일은 또 다른 오늘의 공연이 펼쳐진다.

커튼을 닫는다. 나는 새로 이어질 공연을 기대하며 눈을 감는다. 지금 머릿속에 어른거리는 얼굴이 꿈에도 나온다면, 환호로 가득한 커튼콜을 받은 듯이 기쁠 것이다.

충전이 필요해

건전지

마우스에 건전지를 새로 끼웠다. 그제야 모니터 화면 한편에 못 박힌 듯 멈춰 서 있던 커서가 다시 움직인다. 꼼짝하지 않는 커서를 두고 한참 황망해했던 일이 우습다. 고장이 났나 싶어 마우스를 요리조리 흔들어보고, 센서 부분이 오염됐나 싶어 마우스 밑바닥도 청소했다. 한동안 헛심을 쓰고 나서야 이놈이 건전지로써 작동한다는 데 생각이 미쳤다. 문제가 생겼을 때는 기본으로 돌아가는 것이 역시 상책이다.

세상에 영구기관은 없다. 아무것도 섭취하지 않으며 살 수 있는 생물도 없다. 너무나 자명한 사실이다. 그런데 불이 들어오지 않는 마우스 센서를 보면서는 어째서 건전지부터 떠올리지 못했을까. 나 자신은 끼니를 조금만 걸러도 곧 죽을 것처럼 굴면서. 마우스 따위야 처음 살 때부터 품고 있던 건전지만 가지고, 언제까지나 내 손짓이 이끄는 대로 노동하는 것이 마땅하다고 여겼을까.

살아 있다는 것이 당연하다는 듯이 살아간다. 매일 밤 잠자리에 들어 생각하는 것은 거의거의 사는 일에 관해서다. 생계를 위해 내일 당장 혹은 머지않아 마무리해야 할 일들. 업무로서 또는 친목으로서 만나야 할 약속들. 아직 내지 않은 공과금과 텅 빈 냉장고. 코스피 지수 동향과 벼락부자가 되는 공상 등등. 어느 것 하나 내가 내일도 살아 있음을 전제로 하지 않은 것이 없다.

내일도 모레도 글피에도 새날 아침을 맞을 것을 의심하지 않는다. 전쟁, 천재지변, 급작스러운 건물 붕괴, 돌연사, 살인강도 등을 딱히 걱정하지 않는다. 그런 사건과 사고는 뉴스에서나 벌어지는 일이고, 기우일 뿐. 사실 그런 것들을 일일이 염려하다가는 불안증 때문에 일상생활을 제대로 할 수 없을 테다. 그래서 인간은 망각의 동물이 된 것일까. 불교에서는 걱정이야말로 불행을 일으키는 가장 큰 원인이라고 가르친다.

그런데 나를 예뻐하던 우리 할머니는 어느 때와 다름없이 잠들고는 두 번 다시 눈뜨지 않았다. 거기에는 어떤 전조도 없었다. 모두 호상(好喪)이라고 말했다. 할머니의 죽음, 그 삶의 방전을.

제구실을 마치고, 이제는 무용지물이 된 건전지. 슬쩍 건드리자 툭 하고 쓰러진 그것이 또르르 방바닥을 구른다. 곧 멈춰 선다. 타고난 에너지를 다 썼으니 천수를 누렸다고 할 수 있을까. 이것을 건전지의 호상이라고 불러도 될까. 그렇든 아니든, 지금은 건전지의 장례를 치러야 할 때. 건전지의 장례에도 법도는 있다. 약간 수고롭고, 번거로운 절차다.

건전지에는 니켈, 카드뮴, 납과 같이 생물체에 해로운 중금속이 들어 있어서 아무렇게나 버리면 안 된다. 폐건전지 수거함에 따로 버려야 한다. 그런데 아파트 단지가 아니라 빌라, 오피스텔, 단독주택 등이 밀집한 곳에서는 그것을 찾기가 쉽지 않다. 내가 사는 곳도 마찬가지다. 이사 온 지 꽤 되었는데도 본 기억이 없다.

구청 홈페이지에 들어가 폐건전지 배출 방법을 찾아본다. 나오는 것이 없다. 내친걸음이니 주민센터에 전화를 걸어본다. 전화를 받은 분도 잘 모르는 듯 잠시만 기다리라고 한다. 내심 기운이 빠지려던 차에 누군가에게 물어보고 온 모양으로 그분이 말했다.

"주민센터로 가져오세요. 폐건전지를 가져오시면 새것으로 교환해 드려요."

집 안에 있는 전기기기 중에서 건전지의 힘으로 작동하는 것들을 돌아본다. AA 건전지 하나가 들어가는 자명종이 먼저 눈에 띈다. 스마트폰으로 시각을 확인하고, 알람도 맞추다 보니 쳐다보지 않은 지 오래되었다. 인제 보니 시계가 멈춰 있다. 정지한 시곗바늘이

가리키는 것은 건전지의 수명이 다한 시각. 몇 월 며칠인지, 오전인지 오후인지는 알 수 없지만, 건전지는 저 시각까지 마지막 한 눈금의 초침을 움직이고 죽었다.

다음은 AAA 건전지 두 개가 들어가는 에어컨 리모컨. 지난해 초가을 무렵 이후로는 손댄 적이 없다. 전원 버튼을 눌러보니 켜지지 않는다. 건전지는 리모컨을 마지막으로 사용한 때부터 서서히 방전되었을 테다. 방치당한 것은 똑같지만, 자명종 건전지는 시계를 돌리다가 힘을 다했고, 리모컨 건전지는 하는 일 없이 천천히 죽어갔다. 어느 쪽이 더 살 만했을까.

전기기기를 하나하나 따져보니 자명종과 리모컨 외에도 건전지를 동력으로 삼는 것이 적지 않다. 컴퓨터 본체와 자동차 리모컨에는 동전을 닮은 리튬전지가 쓰이고, 도어록에는 AA 건전지가 네 개, 가스레인지에는 육중한 D형 건전지가 두 개나 들어간다. 방바닥을 굴러다니는 고양이 장난감에도 이런저런 종류의 건전지가 필요하다. 당장 눈에 띄지는 않지만, 작동을 멈춘 뒤에야 비로소 건전지가 살아 있어서 쓸 수 있었음을 깨닫는 물건이 또 많을 것이다.

건전지로 움직이는 사물은 외롭다. 전선으로써 콘센트나 USB에 연결되는 것들은 언제든 밖에서 힘을 끌어다 쓸 수 있다. 반면 건전지는 고립된 채 오로지 타고난 제힘만으로 맡은 일을 수행해야 한다. 우리는 어떨까. 우리는 지치고 힘들 때 "충전이 필요해."라는 말을 곧잘 한다. 알게 모르게 저 자신을 삶이라는 톱니바퀴를 굴리는 전지로 여기서일까. 그렇다면 나는 어느 쪽일까. 충전식 건전지까지 염두에 두니 생각이 복잡해진다.

살면서 소모한 힘을 충전하는 방식은 저마다 다르겠지만, 어떤 식으로든 그것을 충전하지 않고는 삶을 꾸려갈 수 없다. 그런데 불행인지 다행인지 우리는 등허리를 열고 건전지를 갈아 끼울 수 없다. 오롯이 혼자라는 생각이 들 때조차 우리는 세상과 이어져 있어서, 그 인연을 통해 살아갈 힘을 주고받는다. 오늘 먹은 밥과 지금 입고 있는 옷과 당장 방을 밝히는 전기가 어디서 오는지를 생각하면 당연한 일이다. 식상한 소리지만, 사실이 그렇다.

살아 있다는 것, 혼자서는 살 수 없다는 것. 나는 이것들을 자주 잊고 산다. 너무 당연하기 때문이다. 그러나 마우스 건전지처럼, 우리 할머니처럼, 당연하게 여겼던 것이 더는 당연하지 않은 날이 언제고 찾아온다. 그때까지 그저 번아웃이 오지 않게끔, 방전되지 않게끔, 희망을 잃지 않게끔 나를 잘 다독일 따름이다.

바닥에 누워 심호흡하며, 나와 이어진 것들을 떠올린다. 가슴속에 조금씩 초록빛이 켜지는 느낌이다. 얼추 충전되면, 폐건전지를 새것으로 교환하러 주민센터부터 가야겠다.

사물 편지

안경

침대 머리맡에 있는 작은 탁자 위를 더듬습니다. 나는 잠들기 전이면 여기에 안경을 벗어 둡니다. 그것을 다시 찾아 얼굴에 걸치는 것이 내가 아침에 눈을 떠서 가장 먼저 하는 일입니다.

오늘은 있어야 할 곳에 안경이 없었습니다. 베개 주변에서도, 책상에서도, 식탁에서도, 소파에서도 안경은 보이지 않았습니다. 나는 한참이나 집 안을 뒤지다가 아직 얼굴에 들러붙어 있는 잠기운부터 쫓을 생각으로 화장실에 들었습니다.

세숫물을 담은 두 손바닥을 얼굴에 가져가다가 그만 헛웃음이 나왔습니다. 손과 얼굴 사이에 걸리는 것이 있었습니다. 거울을 보니 세숫물에 젖은 안경이 콧등에 삐뚜름히 매달려 있었습니다. 안경을 쓴 채로 그렇게 안경을 찾아 헤맸던 것입니다.

잠결에 무슨 이야기를 주고받았는지는 잘 기억나지 않지만, 간밤에는 당신과 오래 통화했습니다. 그러다 안경을 벗는 것도 잊고, 까무룩 잠들었던 모양입니다. 얼마 전에는 한 손에 핸드폰을 들고서 핸드폰을 찾는다고 헛수고했었는데. 건망증을 걱정해야 할까요.

오랫동안 함께 있어서 마치 나의 일부처럼 느껴지는 것이 있습니다. 오래 품고 살아서 처음부터 그랬던 것 같은 마음도 있습니다. 늘 몸에 지니는 안경이나 핸드폰이 그렇고, 나를 위하는 당신의 살뜰한 마음이 그렇습니다. 너무 익숙해서 너무 자주 잊는 것들입니다.

문학에는 '낯설게하기'라는 표현법이 있습니다. 사전을 빌리자면, "일상화되어 친숙하거나 반복되어 참신하지 않은 사물이나 관념을 특수화하고 낯설게 하여 새로운 느낌이 들도록 표현하는 것"입니다. 익숙한 것은 으레 무심히 지나치게 됩니다. 낯설게하기는 그런 것들을 그전과는 다른 시선으로 바라봄으로써 그동안 미처 생각지 못한 바를 끌어내는 것입니다.

나는 낯설게하기를 '새삼스럽게하기'로 바꿔 부르고 싶습니다. 다시 사전을 빌리자면, '낯설다'라는 말은 "전에 본 기억이 없어 익숙하지 아니하다."라는 뜻입니다. 아무리 낯설게 하려고 한들 내 마음에 들어와 사는 당신이 낯설어질 리 없습니다. '새삼스럽다'는

"이미 알고 있는 사실에 대하여 느껴지는 감정이 갑자기 새로운 데가 있다."라는 뜻이니, 당신에게도 그럴 수 있겠지요.

오늘 하루는 부러 안경을 쓰지 않고, 당신에게 연락도 하지 않았습니다. 새삼 안경이 없는 내 눈이 얼마나 어두운지, 당신 없는 세상이 얼마나 우울한지 깨달았습니다. 그제야 지난밤에 우리가 나누었던 대화도 기억이 났습니다.

지금은 쉽게 하는 말이 되었지만, 처음 그 말을 내뱉고 또 들었던 때도 생각나 몸이 더웠습니다. 새삼스럽게도.

4부

아무것도 아닌 자의 모든 것

가만가만히 섬기는

피규어

그저 있다는 것이 의미이고, 아름다운 것이 쓸모입니다.
없어도 살 수 있지만, 있어서 살맛 나게 하는 것입니다.

모든 것 중에서 가장 아무것도 아니지만,
아무것도 아닌 자의 모든 것이기도 합니다.

누군가에게는 답답하지만, 누군가에게는 새로운 세계를 열어주는
짝사랑처럼, 혼자서 가만가만히 섬기는 놀이입니다.

인연의 끈

팔찌

팔찌가 끊어졌다. 설거지를 마치고, 홀가분한 마음에 휙 고무장갑을 벗어젖힌 것이 화근이었다. 끈이 끊긴 팔찌에서 묵주 모양 구슬들이 혼비백산하듯이 사방으로 튀었다. 누구를 탓하랴. 나는 허공에다 혀를 차며, 싱크대며 방바닥을 굴러다니는 구슬들을 주워 모았다.

얼추 한 움큼쯤 주웠을까. 냉장고 아래까지 훑어보았는데, 더는 눈에 띄는 구슬이 없었다. 느낌에는 서너 알쯤 비는 듯했으나 원래 몇 개가 있었는지 알 수 없는 노릇이었다. 끊어진 줄과 애초에 몇 개가 있었는지도 모르는 구슬들을 내려다보자니 기분이 야릇했다.

팔찌는 예전에 친구가 선물로 준 것이었다. 돌이켜보니 그 친구와는 연락하지 않은 지가 꽤 오래되었다. 불현듯 이로써 그와의 인연이 끝났다는 생각이 머릿속을 스쳤다. 우리를 이어주던 무언가가 끊어져 버린 것 같았다.

거울이 깨지면 재수가 없다. 까마귀가 울면 불길한 일이 생긴다. 밤에 휘파람을 불면 뱀이 나온다. 연인에게 신발을 선물하면 바람이 난다. 빨간색으로 이름을 쓰면 흉하다. 미역국을 먹으면 시험에 떨어진다 등등. 우리 주변에는 미신이 많다. 나는 미신을 믿지 않지만, 그렇다고 미신 같은 생각이 들지 않는 것은 아니다. 누군가에게 받은 물건이 망가지면, 그것을 내게 준 사람과의 사이에 문제가 생긴 것은 아닌가 하는 걱정이 든다. 팔찌가 끊어진 데서 유독 이런 느낌을 세게 받은 것은 아마 '인연의 끈'이라는 말 때문인 듯하다. 팔찌와 인연의 끈이라는 말의 이미지가 묘하게 겹쳤다.

나는 머리를 식힐 때 종종 무협물을 읽는다. 무공이 뛰어난 협객이 악의 무리를 처단하는 그 단순명료한 이야기가 좋다. 무협물을 보다 보면 활검이니 살검이니 하는 말이 자주 나온다. 활검은 사람의 목숨을 구하여 살리는 활인검(活人劍)을 말하고, 살검은 사람을 살상하는 살인검(殺人劍)을 일컫는다. 어떤 마음으로 손에 쥐느냐에 따라 같은 칼도 이렇게 그 쓰임새와 의미가 완전히 달라진다. 사물 자체는 본래 아무런 의미도 지니지 않는 것이다.

연인과 헤어진 후 그와 연관된 물건을 내다 버리는 일은 흔하다.

나도 그런 적이 있다. 그 물건이 더는 생각하고 싶지 않은 그를 떠오르게 하고, 지나간 이별의 아픔을 도로 불러왔기 때문이다. 마치 사물에 그 기억이 아로새겨져 있다는 듯이, 그것이 내 마음을 베는 살검이라도 된다는 듯이 나는 그 물건들에서 멀리 달아나고 싶었다. 그러나 사물은 죄가 없다. 그것을 보는 내 마음의 문제일 뿐이다. 이를 알면서도 끝내 멀쩡한 물건들을 버리고야 말았던 것은 아까움보다도 슬픔이 훨씬 컸던 탓이다.

애써 주운 구슬들을 한데 모아놓고, 그것들을 다시 꿰려다가 그만두었다. 몸에서 떨어뜨리지 않고 오랫동안 차다가 끊어진 팔찌를 두고 친구가 서운해하지 않으리라 믿었다. 끈이 낡아서 끊어졌다고, 그것을 차고 있던 마음도 해어지거나 헤어지는 것은 아니니까. 우리 사이에는 여전히 인연의 끈이 이어져 있고, 거기에는 우리가 함께해 온 추억이 구슬처럼 줄줄이 꿰어 있을 테니까. 그리고 이것은 엉뚱한 미신이 아니니까.

오래간만에 친구에게 전화했다. 그는 몹시 반갑게 전화를 받았다. 우리는 한참이나 서로의 안부를 묻고, 이런저런 세상 돌아가는 이야기도 나누었다. 통화를 끊고 보니, 인연의 끈을 자르는 것은 살검이나 활검처럼 날카로운 무엇이 아니라 오히려 무딘 마음이었다.

가장 차가운 울음

냉장고

냉장고의 구조는 방과 같다. 안으로 드나들 수 있는 문이 하나 있고, 다른 데는 모두 막혀 있다. 그 방에 머무는 것은 먹을거리와 그것들을 감싸는 냉기다. 잠시 먹을거리를 꺼낼 때를 빼면, 냉장고는 늘 굳건히 닫혀 있다. 안팎을 완전히 차단하는 것이 냉장고의 소임이다.

냉장고는 바깥의 온기가 들어오는 것을 막는 수문장이자, 안의 냉기가 도망치지 못하게 막는 간수다. 그 삼엄함 속에서 냉장고의 계절은 늘 겨울. 일용할 양식들은 온몸에 사슬처럼 냉기를 휘감은 채 포로같이 갇혀 있다. 냉장고 안에서 끝나지 않는 겨울을 살며, 예정된 부패를 유예한다.

그들의 운명은 오로지 두 갈래다. 제때 식탁 위에 오르거나 소비

기한을 넘겨 쓰레기통으로 가거나. 소멸은 정해진 절차고, 그들에게는 두 가지 소멸의 방식이 있을 뿐이다.

나는 종종 교도소를 순시하는 교도소장처럼 냉장고를 열어본다. 먹거리들이 잘 있는지, 오늘은 무엇을 먹을지 둘러본다. 그럴 때마다 냉장고는 속도 없이, 제 속을 훤히 밝힌다. 불빛은 짙은 냉기를 헤치고 먹거리들의 안색을 비춘다. 나는 서둘러 먹어 치워야 할 것과 아직 기한이 남은 것을 재판한다.

이 선별의 시간 동안 밖으로 흘러나온 냉기가 몸을 핥는다. 허기에 들러붙는 한기에 가슴속까지 저릿하다. 마음이 불현듯 소스라친다. 별반 먹을 것이 없는 허허로움 때문만은 아니다. 썩어야 할 것을 미라처럼 억지로 썩지 못하게 하는 것. 사라져야 할 것을 억지로 붙들고 있다는 것. 이를 위해 바람 한 점 통하지 못하게 두꺼운 문을 닫아건다는 것. 그리고 다른 가전제품과 달리 냉장고에는 전원 버튼이 없는 것. 그래서 수명이 다할 때까지 쉬지 않고, 스물네 시간 돌아간다는 것. 이런 사실들이 너무 차갑다.

굳게 닫힌 문안에서 그치지 않는 혹한을 견딘다는 것. 내 마음속에도 진작 녹아내렸거나 썩어 없어져야 했을 것들이 가득하다. 오래전에 소비기한이 지난 것들이 냉동실 한구석에 처박혀 있다. "마음이 식었다."라는 말. 어떤 대상이나 일에 품는 열의와 열정을 온도로 따진다면, 그 냉장고에는 식다 못해 차갑고, 차갑다 못해 꽁꽁 얼어붙은 마음이 산다.

소화하지도 못하고, 그렇다고 버리지도 못한 미련과 집착이 냉장고 문을 열면 자동으로 켜지는 불빛 아래 싸늘한 표정으로 누워 있다. 그 마음들은 스스로 냉장고 문을 열고 나올 수 없다. 내 손길이 아니라면 냉장고는 언제까지나 닫혀 있다.

우우웅 우우웅, 가끔 제 존재를 알리듯 울면서.

사물의 편에서

사물들

불현듯 나는 깨달았다. 내가 사물에 에워싸여 있음을. 사물에 포위되었음을. 그들에게 사로잡혔음을. 나는 사물의 포로이거나 노예임을. 사물이야말로 내 주인이라는 것을.

나는 사물의 땅에 추락한 인간. 이 방에서 이방인은 나라는 사실을.

방은 사물의 왕국이다. 나는 새삼 이방인처럼, 해외에 첫발을 내디딘 풋내기 여행객처럼 긴장감과 설렘을 안고 이곳을 둘러본다. 인류학자같이, 민속학자같이 사물의 생태와 문화를 들여다본다. 그러다 이내 내 처지를 깨닫는다. 내가 한 걸음 떨어져서 그들을 관찰한다는 것은 주제넘은 짓이다. 외딴곳에 떨어진 이는 현지인의 도움 없이는 아무것도 할 수 없다. 내가 무엇이든 누구이든 나는 사물의 힘을 빌리지 않으면, 철저하게 무력하다. 사물이 없는 인간은 속수무책이다.

살기 위해, 나는 그들에게 말을 걸어본다. 우리는 대화가 통하지 않는다. 사물은 그들의 모국어인 침묵으로써 이야기한다. 내가 살던 세계에서는 말이 곧 권력이어서 모두가 너무나 많이 말한다. 나는 침묵에 익숙하지 않지만, 그들의 언어를 배우려고 입을 앙다문다. 자꾸 벌어지는 입을 틀어막으며, 그들의 말을 흉내 내어 본다. 그러나 그들은 도무지 알아듣지 못하겠다는 표정이다.

나는 그들에게 보디랭귀지를 해본다. 그제야 대충이나마 서로 뜻이 통한다. 사물들이 작동한다. 다행히 사물들은 친절해서 내가 건넨 손길을 모른 척하지 않는다. 그들은 내 나이나 성별, 인종, 국적, 종교, 학력, 신분 등을 따지지 않으며, 온전히 내 몸짓에만 주의를 기울인다. 그들에게는 편견, 고정관념, 선입견, 신념, 우상 따위가 없다. 그들은 누구도 박해하지 않는 평화주의자다. 상냥하게 모든 이를 포용한다. 비밀을 감추려고 도망가지도 않고, 귀찮음을 피해 달아나지도 않는다.

나무가 온갖 바람에 제 몸을 내어 맡기듯이, 모래사장이 파도에 저를 내어주듯이. 사물들은 묵묵히 제자리를 지키며, 그저 받아들인다. 마치 대덕(大德)처럼.

사물은 모두 수도자다. 그들은 묵언 수행자이고, 면벽 수행자이며, 참선하는 자다. 그들은 가만히 입을 닫고, 눈앞의 벽만을 바라보며, 좌선한다. 그들은 자신의 일생 대부분을 이러한 수도에 바친다. 누군가가 깨우지 않으면, 그들은 언제까지고 무아지경의 삼매에 있다. 종종 깨어 있을 때조차 그들은 수행을 게을리하지 않는다.

가만히 들어보면, 웅웅거리는 냉장고 소리는 나지막이 읊조리는 밀교의 진언 같다. 통돌이 세탁기가 돌아가는 소음은 성령에 힘입은 방언이다. 수저가 그릇에 부딪혀 달그락거리는 소리는 산사의 풍경(風磬)이나 목탁 소리를 닮았다. 돌고 도는 시계는 티베트불교의 마니차(摩尼車)와 다름없다. 마니륜(摩尼輪)이라고도 하는 마니차는 경전이 새겨진 원통으로서 그것을 한 번 돌리는 것은 불경을 한 번 읽는 일과 마찬가지다. 마니차가 글을 읽지 못하는 이들을 위해 만들어진 것처럼, 시계는 시시각각 다가오는 죽음을 보지 못하는 나를 깨우친다. 그리고 이 글을 쓰면서 문득 내려다본 키보드는 오래전 사라진 신비 종교의 제구(祭具) 같다.

수행자가 천생인 듯이 수도에 매진하는 사물들은 마침내 무엇이 되고자 하는 것일까. 무엇을 깨우치려는 것일까. 한자리에서 오체투지하는 사물들. 누구에게나 희생과 봉사와 헌신을 다하는 사물들. 불평불만도 없이, 아낌도 없이, 오롯이 전부를 내어놓는 사물들. 나는 평생 사물과 동거하겠지만, 끝내 그들의 깊은 뜻을 헤아리지 못할 테다. 나는 사물에서 내가 결코 다다를 수 없는 최고의 선(善)을 엿본다.

서당 개 삼 년이면 풍월을 읊는다고. 나는 지고한 성자(聖者)인 사물처럼은 살 수 없지만, 그래도 한 가지 그들에게 배운 것이 있다. 바로 기다림이다.

사물은 기다린다. 세탁기는 땀에 절고 얼룩진 빨랫감을. 밥그릇은 허기진 눈빛과 동굴처럼 빈속을. 텔레비전은 원시인이 모닥불을 보며 그랬듯이 하루 일을 마친 우리가 제 불빛 앞에 앉아 쉬기를. 침대와 소파는 지치고 피곤한 몸을. 책장의 책들은 제 수다를 들어줄 눈길을. 한곳에 붙박인 장롱과 신발장은 누군가 제 속을 열어 보기를. 그렇게 방 안의 모든 사물은 무언가를 기다린다.

나는 그들을 따라 한다. 그들을 숭앙하며, 본받는다. 그들을 보며 기다리는 자세를 기른다. 누군가를 혹은 무언가를 망망연히 기다린다. 무엇을 기다리는지, 왜 기다려야 하는지는 모르지만 기다린다. 이러다 보면 나도 사물이 될 수 있을까. 그들의 상냥함과 친절함을, 막힘이나 걸림이 없는 마음을, 진중한 침묵과 고요함을, 성스러움과 숭고함을 배울 수 있을까.

세탁기같이, 내 오점을 씻어낼 수 있을까. 밥그릇같이, 내 텅 빈 눈빛을 살찌울 수 있을까. 소파와 텔레비전같이, 지치고 피곤한 내 몸을 달랠 수 있을까. 내가 나와 화해할 수 있을까. 그러나 이런 것은 사물의 마음 자세가 아니다. 사물이라면 이렇게 말하겠지.

당신의 허물을 가려줄 수 있을까. 당신의 허기진 마음을 채워줄 수 있을까. 당신의 고단한 몸을 쉬게 할 수 있을까. 당신의 이야기를 경청하고, 당신의 닫힌 마음을 열 수 있을까.

내가 사물이 되지 못하는 까닭은 당신의 자리에 나를 먼저 두기 때문이다. 사물은 언제고 무슨 일에서건 저 자신을 앞세우는 일이 없다. 사물은 다만 기다린다. 사물은 우리의 부름에 준비하고 있다. 그들은 사냥감을 향해 달려들기 전에 몸을 납작 엎드린 고양이처럼 웅크리고 있지만, 점잖게도 먼저 나서는 법이 없다. 그들은 내 손이 닿을 때라야 비로소 움직이며, 자신에게 주어진 임무를 완벽하게 수행한다. 그리고 다시 수도자의 길로 돌아간다.

사물의 실패는 대부분 그들의 탓이 아니라 내 부주의와 미숙함 때문이다. 사물은 덕성만을 가지고 있을 뿐, 어떠한 부덕함도 지니고 있지 않다. 사물은 이상적인 인간상의 현현이다. 사물과 함께 있는 이 방에서 나는 가장 비인간적인 존재다. 나를 대하는 태도를 보건대 심지어 그들은 나보다 더 사교적이다. 이 방에는 사회적 사물만이 있고, 사회적 동물은 찾아볼 수 없다.

나는 가만히 누워 사물이 되기를 꿈꾼다. 누군가가 나를 작동하기 전까지 사물을 흉내 내며 인간의 꿈을 꾼다. 이제야 내가 기다리는 것이 무엇인지 알 듯하다.

이 방에 불시착하는 이방인. 어쩌면 바로 당신.

당신이 바꾸어놓은 세계

숲병

참 이상도 하지. 방에서 화장실까지 몇 걸음을 걷는 동안, 냉장고를 열고 생수병을 꺼내 컵에 물을 따르는 동안, 냄새 나는 고양이 화장실을 치우는 동안, 환기하려고 창문을 여는 동안, 흐트러진 잠자리를 정돈하는 동안, 그렇고 그런 일상 속에서 느닷없이 한 조각 추억이 떠오르는 것은.

참 이상도 하지. 옛 추억이 지금의 나를 멈춰 세우는 것은. 사금파리처럼 깨어진 기억의 파편이 현재를 서늘하게 베는 것은. 바람을 불어넣는 풍선같이 부풀다가 이윽고 팡 터지며 나를 얼얼하게 하는 그리움은. 수챗구멍에 빨려드는 물처럼 내가 불쑥 어떤 쓸쓸함에 휩쓸리는 일은.

참 이상도 하지. 떠오르는 얼굴도 없는데 누군가가 몹시 보고 싶은 것은. 알 수 없는 그리움이 살아 있는 사람처럼 내 이마를 짚는 것은. 그러면 물에 빠진 종이 인형같이 온몸에 힘이 풀리는 것은. 어디에도 나는 없다는 기분은. 시간이 흐른다는 것이 너무나 수상하게 느껴지는 일은.

참 이상도 하지. 그러니까 내가 누구였더라, 이런 농담이 하고 싶어지는 것은.

자꾸 눈앞에 쌓여가는 저 푸른 병들은.

그 속의 투명한 액체가 그토록 새까맣고, 그토록 알록달록하게 추억을 채색하는 것은.

그 한 잔이 집채만 한 그리움을 해일처럼 몰고 오는 것은.

그럴 때 시간은 흐르는 것이 아니라 항공장애등같이 문득문득 명멸하고. 그 빛과 어둠의 행간 속에서 깜빡이는 흐릿한 얼굴이 있고. 그것은 사는 내내 앓아야 할 지병이거나 잊지 말고 챙겨 먹어야 하는 약인 것 같아서, 그래 그게 참 이상하지.

참 이상하기도 하지.

모쪼록 쓸모없기를

드라이플라워

요즘은 집 안을 오며 가며 현관 입구 쪽 벽면을 힐끔거린다. 어째서인지 좀처럼 익숙해지지 않는 것이 거기에 있다. 꽃 한 다발. 적확히는 하얀 장미 다섯 송이와 안개꽃 한 가지. 벽에 매달린 채 서서히 빛바래지며, 향을 잃어가는 것들. 그것들은 날마다 조금씩 무언가를 잃어가고 있다. 생물과 사물의 경계에서 점점 사물의 편이 되어간다. 이 아름다운 죽음이, 나는 낯설다.

"웬 꽃이야?" 며칠 전 우리 집에 놀러 온 친구가 대뜸 꽃다발을 건넸다. 특별한 날도 아니고, 딱히 축하받을 일도 없는데. "꽃을 못봤다며." 나는 무슨 소리인가 싶어 고개를 갸우뚱했다. "봄꽃 대신이야." 나는 그제야 내가 두 손으로 어색하게 안고 있던 꽃다발의 의미를 깨달았다. 요 며칠 친구는 내게 벚꽃이며 개나리며 목련이며 길가에 핀 꽃을 휴대폰으로 사진 찍어 보내주었었다. 나는 집에만 있느라 아직 올해 봄꽃을 제대로 보지 못했다고 답장했다. 친구는 그 말을 잊지 않고, 내게 꽃을 선물한 것이다. 그 마음 씀씀이에 나는 마음이 뭉글해졌다.

받을 때는 좋은데, 솔직히 좀 처치 곤란이란 말이지. 친구가 제 집으로 돌아가고, 나는 남겨진 꽃다발을 보며 중얼거렸다. 친구의 마음이야 내 가슴속이 꽃밭이 될 만큼 받아들였다. 그렇게 끌어안고 또 끌어안아도 마음속에는 늘 자리가 남는다. 그러나 사물에는 눈에 보이는 자리가 필요하다. 사물은 공간 없이 존재할 수 없다. 놓을 데가 없네. 나는 고백을 앞두고 긴장한 사람처럼, 꽃다발을 들고 집 안을 두리번거렸다.

물론 꽃 한 다발을 놓을 데가 없을 만큼 집이 좁지야 않다. 꽃병이 없기는 했지만, 그것을 대신할 만한 유리잔도 얼마든지 있었다. 문제는 고양이들. 평소 물건을 건드려서 사고를 치는 일이 없는 고양이들인데, 무슨 억하심정인지 식물만은 가만두지 않는다. 고양이들과 살며 몇 번이나 식물 기르기에 도전했지만, 번번이 실패했다. 내가 잠깐 한눈을 팔면 그사이 이파리를 잘근잘근 씹는 것도 모자라 얌전히 있는 식물을 화분에서 뿌리째 뽑아놓기 일쑤였다. 고양이들의 점프력을 얕보고 선반에 화분을 올려놓았다가 방바닥이 흙

바닥이 된 적도 여러 번이다.

캣글라스로 알려진 풀들을 길러보기도 했다. 그마저도 얼마 가지 못했다. 외출했다가 돌아오면 고양이들이 헤쳐놓은 풀들이 온 방바닥을 굴러다녔다. 캣글라스를 끝으로 나는 베란다가 있는 집을 구할 때까지 식물 키우기를 포기했다. 꽃다발을 병에 꽂아두는 것도 식물을 기르는 일인지는 모르겠지만, 어쨌거나 웬만한 데 두었다가는 전과 같은 꼴을 피할 수 없음이 분명했다. 고양이들이 뜯어놓은 꽃잎이 방바닥 여기저기 널브러져 있는 모습이 눈에 선했다.

결국 나는 친구가 선물한 꽃을 드라이플라워로 만들기로 했다. 벽지에 꽂는 핀을 이용해 꽃다발을 포장지째 벽에 매달았다. 이제 일주일쯤 되었나. 가장자리가 조금 말려 들어가고, 전체적으로 물기를 잃기는 했지만, 꽃잎은 처음의 모습을 거의 간직하고 있다. 아직도 말랑말랑한 생기를 품고 있다. 그런데 이질감이랄까, 꽃다발을 볼 때마다 가슴속에서 꺼림칙한 기분이 스멀스멀 올라왔다.

말라가는 꽃은 산 것도 죽은 것도 아니다. 생물도 아니고, 사물도 아니다. 아니, 생물이면서 사물이다. 한집에 있지만, 저 꽃들은 나나 고양이와는 다른 차원에 존재하는 것 같다. 저 꽃들은 이곳도 저곳도 아닌 어떤 경계에 있는 듯하다. 그 경계란 이를테면 이런 것이다. 여전히 살아 있는 얼굴로 서서히 죽어가는 꽃. 아니 죽었지만, 여전히 산 자의 낯빛인 꽃. 그 꽃이 은은하게 내뿜는 이 냄새는 향기일까 시취(屍臭)일까.

또 이 꽃은 생화인가 조화인가. 생화는 자신이 언젠가 살아 있었음을 증명하려고 시들어가고, 죽어간다. 변함없는 꽃의 형상, 꽃의 이미지만 놓고 보면 조화야말로 진짜 꽃에 가깝다. 그러나 조화는 숨 쉬지 않는 죽은 꽃, 가짜 꽃이다. 드라이플라워는 한때 살아 있었지만, 지금은 사물처럼 딱딱하게 굳어가는 꽃. 그러다 마침내 미라처럼 말라버릴 꽃이다. 그것은 이도 저도 아니면서 이것이면서 저것인 경계에 피어 있다.

예쁜 꽃을 보면서 이런 생각이 드는 것은 왜일까. 역설적으로 꽃이 예쁘기 때문이다. 꽃이 예쁘지 않았더라면 그것이 시들어가는 것을 보며 아쉬워할 이유도 없다. 한편으로는 나와 고양이들의 현재와 미래를 거기서 보았기 때문이다. 나이를 먹을수록 활동성이 떨어지고, 몸이 굳는 것은 생물에서 사물이 되어가는 과정이다. 산다는 것은 점점 사물이 되어가는 일이다. 우리는 드라이플라워다.

우리는 인생의 아름다운 순간을 꽃으로 기념한다. 이는 그 순간이 활짝 핀 꽃과 같음을 알아서가 아닐까. 곧 시들어버릴 아름다움이라서 오히려 더욱 소중하다고, 그러니 지금을 만끽하라고, 넌지시 알려주는 것은 아닐까. 그렇다면 마음을 전할 때 가장 먼저 꽃을 찾는 것은 왜일까. 그것은 꽃이 쓸데없어서가 아닐까. 쓸모나 효용 따위가 없으므로, 그 빈자리에 내 마음을 실컷 담을 수 있으니까.

그러고 보면, 꽃과 시는 닮았다. 꽃이 실제 생활에 아무런 보탬이 되지 않는 것처럼, 단 한 줄의 시조차 몰라도 삶에는 아무런 문제가 없다. 그러나 생전에 많은 돈을 벌고, 높은 자리에 오른 사람일지라도 그는 끝내 하나의 비석만을 남긴다. 그 비석에는 한 줄의 시가 새겨지고, 그 앞에는 몇 송이의 꽃만이 놓인다. 살면서 무엇을 이루었든지 간에 흙으로 돌아간 그를 추모하는 것은 쓸모없는 시와 꽃. 그것들은 그가 생전에 사람들에게 선물했던 마음이 그제야 피어서 되돌아오는 것이다.

친구의 마음을 내게 전한 꽃이 서서히 시들어가고 있다. 어쩌면 꽃은 그 안에 있던 마음이 내 안으로 옮겨졌기에 시드는지도 모르겠다. 품고 있던 마음이 빠져나간 자리만큼 말라가는 꽃. 드라이플라워는 시를 닮았다. 우리도 드라이플라워다. 우리는 끝내 한 줄의 시다. 그래서 쓸쓸하고, 아름답다.

영원히 새로 쓰이는 책

사전

사전을 살피다 보면, 언제부터인가 미로 속을 걷는 기분이다. 여러 사람 중에 찾는 이가 있어서 "누가 ○○ 씨인가요?" 하고 물었는데, 그들의 손가락이 서로서로 엇갈리면서 각기 다른 사람을 가리키는 상황이랄까. 혹은 "나는 너고, 너도 나다. 나는 너인 나, 너는 나인 너다." 같은 선문답이 돌아오는 경우랄까. 사전을 보는 일은 글러브를 낀 채 없는 공을 주고받는 시늉만 하는 캐치볼 같다.

예를 들면 이런 식이다. 사전은 '살림살이'를 "살림에 쓰는 세간"으로 정의한다. 이 말을 온전히 이해하려면 '세간'이라는 말도 알아야 한다. 다시 '세간'을 찾아본다. "집안 살림에 쓰는 온갖 물건"이란다. 또다시 '살림'을 찾으면, 거기에는 "집 안에서 주로 쓰는 세간"이라는 풀이가 붙는다. 물론 무슨 의미인지 모르는 바는 아니지만,

개운한 맛이 없다. 어떤 명쾌함을 바라고 사전을 펼쳤다가 이내 실망하게 된다. 아하, 그렇군. 이렇게 무릎을 탁 칠 만큼 속이 시원해지는 경우는 아주 드물다.

　사전은 말의 뜻을 정의하지만, 그것은 끝내 공소하다. 두꺼운 사전이 품고 있는 것은 숱한 의미가 아니라 거대한 허무에 가깝다. 그 허무를 똑바로 바라보지 않으면, 곧잘 착각에 빠지게 된다. 공을 던지는 흉내만 내는 캐치볼을 보면서, 사실은 공이 없는 것이 아니라 공이 너무 빨라서 혹은 정말 대단한 마구(魔球)라서 내 눈에 안 보이는 것이라는 착각. 사전이라는 말 자체가 갖는 무게감과 권위에 눌리면 그러기 십상이다. 우리가 높은 가치를 부여하는 것들도 다르지 않다. 위신, 권력, 부, 명예 등등. 그리고 시(詩) 역시도.

　사전을 뒤지는 것과 누군가를 사랑하는 마음은 닮았다. 누군가를 사랑하게 되면, 그 사람의 일거수일투족이 의미를 '갖는다'. 갖는다는 말에 방점을 찍은 까닭은 실제로 그 행동에 의미가 있건 없건 상관없이, 내가 거기에 스스로 해석한 의미를 갖다 붙이기 때문이다. 공도 없이 혼자 하는 캐치볼이랄까.

　쏟아진 한 컵의 물이 개미에게는 해일이 된다. 우연히 나를 스친 그의 눈빛이나 손짓도 내 세계를 송두리째 뒤흔든다. 그가 별생각 없이 던진 인사말 하나에도 밤새 온갖 상상을 덧씌운다. 좋아하는 마음은 신경을 온통 그에게 곤두세운다. 그를 전공이라도 하는 양 분석한다. 연구 결과는 엉터리이기 일쑤고, 망상일 때도 많지만.

모든 것이 끝내 오해와 착각에 불과할지라도, 무의미의 우물에서 의미를 길어 올리려는 헛된 노력일지라도, 사랑에 빠진 사람은 그의 표정과 몸짓과 목소리에서 그의 마음을 읽으려고 한다. 당신은 수수께끼로 가득한 사전과 같지만, 나는 그 사전을 읽는 일을 멈출 수 없다. 나라는 사전은 벌써 당신에 관한 내용으로 빼곡하다.

사전에는 두 종류가 있다. 사전(辭典)과 사전(事典). 전자는 국어사전처럼 낱말을 모아놓은 것이고, 후자는 백과사전처럼 여러 가지 사항을 모아놓은 것이다. 내가 당신과 나의 사전을 말할 때 그것은 사전(辭典)이면서 사전(事典)이다. 그리고 당신의 이야기가 없는 사전은 죽은말[死語]만이 뒹구는 사전(死典)이 된다.

사전은 영원히 새로 쓰이는 책이다. 시간이 흐름에 따라 새로운 말이 생기고 또 사라지고, 그 뜻도 변하기 때문이다. '사전(死典)'은 지금 사전에는 없는 말이지만, 오랜 시간이 흐른 뒤에는 어떻게 되어 있을지 모를 일이다. 당신과 나 그리고 우리의 이야기처럼.

사물을 보는 56,728가지 방법

가위

"글의 영감이나 소재는 어디에서 얻나요?" 종종 이런 질문을 받는다. 그때마다 난감하기 그지없다. 무슨 비법까지는 아니더라도 좀 신선한 답변을 기대하는 눈치인데, 거기에 부응할 만한 것이 없어서다. 영감이 밀려오고, 아이디어가 샘솟는 방법이라니. 솔직히 그런 것을 가르쳐주는 데가 있다면 내가 제일 먼저 달려가고 싶다.

새로운 아이디어, 발상의 전환, 무릎을 딱 치게 하는 기발한 표현…. 사람들은 흔히 예술가에게 이런 것을 기대하지만, 여기에 관해서 내가 묻고 싶은 이들은 따로 있다. 그들은 예술가만큼이나 이문제에 목을 맨다. 특유의 풍자와 해학으로 예술과 다름없는 사회적 목소리를 내기도 한다. 바로 개그맨이다.

다른 사람을 웃게 하기는 무척 어렵다. 누군가를 웃기려면 그 사람보다 적어도 한두 수는 앞서 있어야 한다. 무엇이든 뻔히 예상되어서는 재미가 없기 때문이다. 의표와 허를 찌르고, 예상을 뒤엎고, 뒤통수를 치고, 생각을 전복시키는 것. 개그맨이야말로 이런 일의 전문가다.

그런 개그맨 중에서 나는 특히 전유성 씨를 좋아한다. 그는 개그를 짜는 데 있어 유난히 발상의 전환을 강조한다. 자신도 개그계의 아이디어 뱅크로 유명하다. 텔레비전에 자주 얼굴을 비치지는 않지만, 그가 알게 모르게 이룩한 업적은 상당하다.

먼저 그는 '개그맨'이라는 말 자체를 우리나라에 정착시킨 장본인이다. 외국에서는 희극인을 코미디언이라고 부른다. 개그맨이라는 말도 있지만, 그것은 이제 죽은말[死語]이라 거의 쓰지 않는다고 한다. 그런데 유독 우리나라만 희극인을 일컬을 때 코미디언과 개그맨을 혼용한다. 전유성 씨가 자신을 코미디언 대신 개그맨이라고 부르면서 그 말이 일반에 널리 알려졌기 때문이라고 한다.

그는 음악회에서는 조용해야 한다는 편견을 깨고, '아이들이 떠들어도 화내지 않는 음악회'를 기획하여 삼천 회 이상 공연하기도 했다. 오래전 통금이 사라질 무렵에는 심야 볼링장과 심야 극장을 사업적으로 고안하기도 했단다. 오랫동안 우리나라 개그 프로그램의 간판이었던 〈개그콘서트〉를 기획하여, 공개 코미디의 시대를 연 사람도 전유성이다.

전유성 씨는 여러 권의 책을 펴낸 작가이기도 하다. 그는 1999년에 출간한 『하지 말라는 것은 다 재미있다』에서 '신선한 공기를 캔에 담아 팔기', '가로수 분양', '요리 시설 및 재료를 제공하는 가게' 등 272가지의 아이디어를 세상에 내놓았다. 그중에는 지금은 일상이 된 것들도 많다.

생각난 김에 전유성 씨와 관련된 영상을 찾아봤다. 그중 개그맨 최양락 씨가 풀어놓은 전유성 이야기가 기억에 남는다. 힘든 일이 잘 해결되어 "오빠, 그래도 사람이 죽으라는 법은 없나 봐요."라고 말한 사촌 동생에게 "사형이 있잖아."라고 대답하더라는 대목에서는 속된 말로 빵 터졌다. 관용적 의미를 전복하는 솜씨가 그야말로 예술이었다.

가장 인상 깊었던 것은 전유성 씨가 발상의 전환을 강조하며 말했다는 '달걀의 56,728가지 용도'이다. 이는 나도 글쓰기에 입문하는 분들을 가르칠 때 많이 하는 훈련이라 조금 놀랐다. 나는 글쓰기 수업에서 곧잘 사물을 이제까지와 다르게 사용하는 방법을 고민해보라고 이야기한다. 익숙한 것을 낯설게 바라보는 데서 신선한 아이디어와 새로운 표현이 따라오기 때문이다.

"나는 달걀로 56,728가지를 할 수 있어. 달걀을 옥수동 이모네 갖다줄 수도 있고, 반포대교 2층에서 한강으로 떨어뜨릴 수도 있고, 시애틀에 있는 고모부한테 '달걀 맛있어요.'라고 얘기할 수도 있고…." 최양락 씨는 이 말을 듣고 발상의 전환에 관한 깨달음을 얻었다고 한다. 그 뒤로는 맨날 전유성 씨를 따라다녔다고.

전유성 씨는 발상 전환의 수단으로 달걀을 말했지만, 내가 글쓰기 수업에서 주로 화두에 올리는 것은 가위다. 가위 하나를 책상 위에 올려놓고, "자, 가위의 여러 가지 쓰임새를 생각해봅시다. 단 원래 용도대로 무언가를 자르는 데 쓰는 것은 안 돼요."라고 말한다. 그러면 처음에는 머리를 싸매고 끙끙 앓던 분들이 하나둘 정말 기발한 생각을 쏟아놓는다.

슈트 상의에 행커치프로 꽂기. 화분에 꽃 대신 심어 인테리어 소품으로 쓰기. 가장무도회에서 가면으로 쓰기. 표창처럼 던지는 호신용 무기로 쓰기. 양쪽 날을 분리해서 칼로 쓰기. 엿장수 가위처럼 악기로 활용하기. 실연에 아파하는 친구에게 그 사람을 잊으라는 뜻으로 선물하기. 날을 벌려서 출입 금지 표식으로 쓰기. 날을 잡고 손잡이 쪽으로 몸을 두드려 안마기로 쓰기… 등등.

물론 꼭 가위가 아니어도 상관없다. 어떤 사물이든 나아가 어떤 사람이나 현상이든 늘 바라보던 각도에서 조금만 벗어나면 새로운 면이 드러난다. 만약 영감이 날개 달린 생물이라면, 그는 바로 거기에 둥지를 틀 것이다.

다음에 "글의 영감이나 소재는 어떻게 얻나요?"라는 질문을 들으면 이렇게 대답해야겠다. "가위를 생각합니다."라고.

낮은 데로 임하소서

캣타워

책상 앞에 앉아 있는데 옆통수가 간지럽다. 고개를 돌리고 보니 역시나, 캣타워 꼭대기에 제 편할 대로 까부라진 고양이가 무료한 표정으로 나를 내려다보고 있다. 자주 있는 일이다. 이럴 때면 마치 방은 하나의 거대한 수족관이고, 나는 그 안에서 제자리 헤엄을 치는 물고기가 된 듯하다.

책상과 캣타워는 안방 창문이 있는 벽 쪽에 나란히 붙어 있다. 여기가 우리 집에서 볕이 가장 잘 드는 곳이다. 언제부터였을까. 고양이는 캣타워 위에서 일광욕을 즐기며 한참이나 나를 관조하고 있었을 테다. 저 인간은 대체 무엇을 하고 있는가. 보람도 재미도 없이. 어쩌면 이런 생각을 하면서.

나는 멍하니 컴퓨터 모니터를 바라보다가 간헐적으로 자그락자

그락 키보드를 두들긴다. 고양이는 와불 같은 모습으로 그런 나를 지그시 응시한다. 전생에 공덕을 쌓아야 다음 생에 사람으로 태어난다는 말이 있다. 그것은 지나치게 인간을 본위에 둔 생각이 아닐까. 모니터를 보며 머리를 벅벅 긁어대는 인간과 나른한 눈빛으로 그 꼴을 쳐다보는 고양이를 비교하면, 전생에 덕업을 많이 쌓은 것은 아무래도 고양이 쪽인 듯싶다.

잠시 나와 눈을 마주치던 고양이가 이내 창밖으로 시선을 돌린다. 눈 맞춤이 무안해서라기보다는 영 따분하다는 몸짓이다. 하기야 나라도 그럴 테다. 책상 앞에서 손가락만 까닥거리는 인간보다야 바깥세상이 훨씬 흥미롭겠지.

고양이에게는 창문이 텔레비전이고 모니터다. 그 화면으로는 종일 구름과 새와 사람과 자동차 등이 흘러간다. 바람에 나뭇잎이 나부끼는 소리, 새소리, 행인의 말소리, 집 앞 놀이터에서 아이들이 떠드는 소리가 창틈으로 들려온다. 햇빛과 달빛이 번갈아 가며 세상을 비춘다. 나는 모니터에서 화소(畫素)로 만들어진 가짜 세상을 보지만, 고양이는 진짜로 살아 있는 세상을 본다. 종종 늘어지게 하품도 하면서.

고양이에게 창문이 스크린이라면, 캣타워는 그것을 보는 특등 관람석이다. 그곳에서는 방 안의 모습도 훤히 보인다. 캣타워의 높이는 180cm쯤. 내 키와 비슷하다. 캣타워 꼭대기의 고양이는 내 머리 위에 있는 셈이다. 내가 방 어디에 있건 고양이가 내 정수리를 내려다보고 있다고 생각하면 기분이 조금 이상하다. 파놉티콘(Panopticon)에 갇힌 죄수가 된 느낌이랄까.

이런 기분이 드는 것은 괜한 일이 아니다. 실제로 고양이가 캣타워처럼 높은 데 있는 까닭은 주변을 감시하기 위해서다. 높은 곳에 있으면 시야가 넓어지므로 자신을 노리는 적이나 사냥감을 발견하기 쉽다. 적과 사냥감으로부터 몸을 숨기기에도 좋다. 또한 지상에 서식하는 벼룩이나 진드기 같은 해충도 피할 수 있다.

집고양이들이야 이런 것들을 신경 쓰지 않아도 되겠지만, 몸속 깊이 새겨진 본능을 어찌할 수는 없다. 고양이는 높을 곳을 향한 열망을 버리지 못한다. 캣타워가 없으면 냉장고나 장롱 위에라도 올라야 안심이 된다. 캣타워는 그런 고양이가 마음껏 마음을 놓을 수 있는 자기만의 장소이다.

다시 고개를 돌리고 보니 어느새 고양이는 낮잠에 빠져 있다. 저렇게 높고 좁은 데서 자다가 얼떨결에 떨어지면 어쩌나 걱정되지만, 다행히 지금까지 그런 적은 없다. "원숭이도 나무에서 떨어진다."라는 속담은 고양이에게는 소용이 없는 모양이다. 나는 종종 고양이의 저 담대함이 부럽다.

제 키보다 몇 배는 더 높은 곳에서 태연자약한 고양이를 보니 새삼 대단하다. 나는 고소공포증이 있어서 허공에 떠 있는 발판을 딛고 서 있는 것을 상상하기도 싫다. 잠깐 그 모습을 떠올린 것만으로도 벌써 몸에 오소소 소름이 돋는다. 얼른 생각을 돌리지 않으면 금세 식은땀이 쏟아질 성싶다.

나를 더욱 감탄하게 하는 것은 고양이의 부동심이다. 그것이 어떤 장소든 지위든 마음의 상태든 간에 높은 자리는 외롭고 쓸쓸하다. 높은 곳은 여럿이 함께 서 있을 수 없고, 높은 곳일수록 바람이 거세다. "왕관을 쓰려는 자, 그 무게를 견뎌라."라는 말처럼, 높은 자리에 오를수록 거기에 따르는 책임도 무겁다. 높은 곳에 올라서면 더 멀리 더 넓게 볼 수 있는 만큼 거두고 보살펴야 할 것도 많다. 높은 데 올라선 고양이가 보여주는 여유와 초심을 잃지 않는 부동심은 웬만한 사람에게서도 찾아보기가 쉽지 않다.

생각이 더 산으로 가기 전에 얼른 공중누각에서 폴짝 뛰어내려야겠다. 고양이에게는 높은 곳이 안식처지만, 나는 낮은 데 있을수록 마음이 편하다. 수직보다는 수평이 좋다. 판판한 밥상이 그렇고, 어깨동무가 그렇고, 당신과 눈을 맞추는 일이 그렇다. 캣타워처럼 높은 곳에 오르기에는 전생에도 이생에도 나는 덕이 부족하다. 때마침 발등에 전해지는 부드러운 감촉에 고개를 숙이니 어느새 고양이가 와서 제 몸을 비비고 있다. 잘 생각했다는 칭찬일까.

바닥에 배를 깔고 누워 고양이를 쓰다듬는다. 고양이의 기분 좋은 골골송이 안개처럼 방 안에 내리깔린다.

사물 되기

창문

온종일 제자리를 지킨다. 목줄에 매인 짐승처럼, 몸을 움직일 자리는 극히 제한된다. 여닫이일 때는 진자운동을 하는 추와 같이 앞뒤로 한 걸음, 미닫이일 때는 좌우로 한 발짝쯤 게걸음만을 걸을 수 있다.

전후좌우로 두서넛 뼘만 산책할 수 있지만, 속에 담을 수 있는 풍경에는 끝이 없다. 가로막는 것이 없다면, 지평선과 수평선을 보여줄 수도 있다. 해와 달과 별도 비춰줄 수 있다. 실내에만 머무는 이에게는 세상 그 자체나 하늘이 되어줄 수도 있다.

당구공은 어디로든 굴러갈 수 있지만, 당구대를 벗어나지 않는다. 당구대 안을 맴돌 때라야 소용이 있어서다. 당구대를 떠난 당

168

구멍은 그저 쓸모없는 딱딱한 공일 뿐. 그래서 나는 말뚝에 매인 나룻배처럼 창틀에 매여 있다. 나룻배가 나루와 나루 사이를 오가며 사람과 짐을 실어 나르듯이. 안에 있는 당신에게는 세상을, 바깥세상으로는 당신의 눈길을 나르는 일이 즐겁다.

바람이 몰아치는 날, 내가 성난 개처럼 으르렁거리는 것은 무서워서도 화가 나서도 아니다. 다음 날 당신에게 보여줄 하늘빛을 떠올리면, 벌써 부르르 마음이 벅차오르는 것이다. 빗방울에 맞으며 후드득거리는 것은 신음이 아니라 당신에게 들려주는 음악이다.

한겨울에 성에로 바깥을 가리는 것은 당신이 당신의 마음을 만나기를 바라서다. 당신이 손가락 끝으로 수줍은 고백을 남기게끔 하려고. 비록 낙서일지라도 당신의 진심을 내 안에 품고 싶어서다.

무엇보다 기꺼운 것은, 당신이 나를 열어젖히고 창밖으로 고개를 내미는 일이다. 내가 있어서 당신에게 닿을 수 없었던 바람에 당신이 얼굴을 씻는 것이다. 그럴 때 나는 잊혀도 좋다. 당신이 맞고 싶지 않은 것들일랑 내가 온몸으로 맞을 테니. 당신은 그저 안온하시길. 내내 안녕하시길.

언제든 나를 한쪽으로 밀쳐두고 그렇게.

들고 다니는 작은 집

우산

　동네 책방에서 문학 행사를 마치고 나오는 길에 소나기를 만났다. 정오가 조금 지난 무렵이었다. 아침에 집을 나설 때만 해도 날이 살짝 흐렸을 뿐이라 귀찮음에 부러 우산은 챙기지 않았다. 한두 시간이면 일을 끝내고 집에 돌아올 텐데 그사이 비가 오지는 않으리라고 생각했다.

　그런데 웬걸. 책방에 있는 동안 하늘은 몹시 끄물끄물해져 있었다. 서점 밖으로 몇 걸음 떼기가 무섭게 빗방울이 떨어지기 시작했다. 나는 발걸음을 서둘렀다. 그러나 얼마 못 가 후드득 빗줄기가 쏟아졌다. 길거리의 사람들은 저마다 손에 들고 있던 우산을 펼쳤다. 나는 길 중간에서 잰걸음을 멈추고, 갈팡질팡했다. 집이 멀지 않아서 우산을 사자니 돈이 아깝고, 그냥 뛰어가자니 빗줄기가 너무 굵고 거셌다.

그렇게 머뭇거리는 일분일초마다 온몸이 급격히 젖어 들었다. 나는 일단 비부터 피할 요량으로 골목을 이리저리 뛰어다녔다. 마땅히 몸을 숨길 데가 없었다. 결국 처마 따위를 찾는 것은 포기하고, 당장 눈앞에 보이는 상가 건물 입구로 나는 듯이 뛰어들었다. 숨을 돌리고 보니 물기를 잔뜩 머금은 옷가지 때문에 몸이 무거웠다. 나는 이곳에서 빗방울이 좀 잦아들기를 기다리기로 했다.

하릴없이 비에 젖어가는 거리를 바라보았다. 세상이 잿빛으로 물들고 있었다. 그러고 보니 도시에는 처마가 있는 지붕이 없었다. 네모반듯하게 지어진 건물들 꼭대기는 대부분 편평했다. 일 층에 있는 몇몇 가게에는 접었다 펼 수 있는 어닝이 설치되어 있었지만, 그것은 지붕이라고도 처마라고 하기에도 애매했다. 옛집 처마와 달리 어닝 아래서 쉬어가는 것은 주인 눈치가 보인다. 옛 처마는 공공재 같은 느낌이 있는데, 어닝은 명백한 사유재산 같달까. 언제부터인가 영화나 드라마에서도 길가의 처마에서 비를 피하는 장면은 잘 나오지 않는다.

장대처럼 쏟아지던 비가 조금 주춤해졌지만, 아직 맞을 만하지는 않았다. 나는 계속 비 내리는 거리의 풍경을 지켜보았다. 사람들이 머리 위로 치켜든 우산들이 꼭 지붕처럼 보였다. 우산은 지붕과 생김새도 비슷했고, 비바람을 막는다는 쓰임새도 같았다. 또 우산은 접었다 펼 수 있고, 휴대할 수 있다는 점에서 텐트를 닮아 보이기도 했다. 우산은 비 오는 날 사람들이 들고 다니는 작은 집이었다.

그렇게 생각하니 낯선 사람과 우산을 함께 쓰는 일이 어색한 까닭을 알 듯했다. 한 우산을 쓴다는 것은 한 지붕 아래 있다는 것. 우산을 같이 쓰는 것은 누군가를 내 집에 초대하는 일이다. 낯선 사람을 집에 들이는 것이 편할 리 없다. 반면 연인끼리는 우산이 두 개 있어도 굳이 한 우산을 쓴다. 몸을 딱 붙인 채 서로의 어깨를 감싸거나 팔짱을 끼고 빗속을 걷는다. 연인 사이에 우산을 따로 쓰는 것은 마치 내외하거나 두 집 살림하는 느낌이다. 비좁은 우산에 한쪽 어깨가 젖는 걸 헤아리면 각자 우산을 쓰는 게 합리적이지만, 합리를 따지는 것은 이미 사랑이 아닐 테다.

어느새 비바람이 수그러들었다. 나는 집을 향해 종종걸음을 놓았다. 혹여나 하늘이 사정을 봐준 것일까. 집에 도착하자마자 기다렸다는 듯이 억수가 퍼부었다. 그러나 다행히 이제 내게는 지붕이 있었다. 온갖 비바람에도 내 한 몸쯤은 거뜬히 지켜줄 집. 비록 우산처럼 접어서 들고 다닐 수는 없지만, 한 사람이 아니라 훨씬 많은 사람이 쉬었다 갈 수 있는, 작은 집이 있었다.

샤워하고, 옷을 갈아입고, 신발장 옆에 꽂혀 있는 우산들을 봤다. 혼자 사는 집에 우산이 다섯 개나 되었다. 이 중의 하나가 없어서 그 고생을 했다니. 역시 우산은 라이터처럼 내 것이면서도 내 것이 아닌 무엇이었다.

담배를 피우는 사람들에게 라이터는 돌고 도는 물건이다. 나는 궐련을 피우지 않은 지 오래되었는데, 아직도 집 안 여기저기에 라이터가 굴러다닌다. 그것들의 출처는 아마도 이럴 테다. 오래전에 내가 산 것, 여기저기서 얻어온 것, 언젠가 누군가에게 빌려놓고 돌려주기를 까먹은 것, 우리 집에 놀러 왔던 친구들이 흘리고 간 것. 그리고 아무리 돌이켜봐도 가본 적이 없는 듯한 음식점의 이름이 새겨진 것도 많다.

우산도 마찬가지다. 다섯 개 중에서 두 개는 내가 산 것이 분명했다. 긴 우산 하나는 다시는 잃어버리지 않을 각오로 큰마음 먹고 샀고, 비닐우산 하나는 오늘처럼 낭패를 겪었을 때 울며 겨자 먹기로 샀다. 나머지 세 개는 어디서 온 것일까. 아마도 라이터처럼 누군가가 (빌려)주었거나 어디서 얻어온 것이겠지. 우산이 한 채의 집이라면, 그때 내 손에 우산을 들려준 마음은 집채만 한 것이었다.

집 안에 있는 우산은 아무런 의미가 없다. 우산은 집 밖에서 비를 만나야만 제 존재 가치를 드러낼 수 있다. 어떤 마음도 그렇다.

꼭꼭 숨기고 감추어서는 소용없는 마음이 있다. 가슴속에서 꺼내어 활짝 폈을 때, 누군가의 우중충한 마음 위에 씌워줬을 때라야 숨 쉬는 마음이 있다. 우산이 없어서 옴짝달싹 못 하는 이에게 돌려받을 생각 없이 선뜻 건네는 우산 같은 마음이 있다. 백 개의 우산도 마다하고, 오직 당신과 함께 쓰고 걸어갈 하나의 우산만 있으면 되는 마음도 있다.

까맣고 파랗고 투명하고, 길고 짧고, 2단 3단으로 접히기도 하는 우산들. 그 우산들 각각에는 이름이 없지만, 그만큼 다채로운 마음에는 감사나 위로, 연민이나 사랑 같은 이름을 붙일 수도 있겠다.

나는 내가 쓸 것과 여분까지 두 개의 우산만을 남겼다. 다른 우산들은 모두 들고, 내가 세 들어 사는 건물의 입구로 내려갔다. 그러고 그 우산들을 문 앞에 가지런히 세워 두었다. 내가 방금 그랬듯이 잠시 쉬어갈 작은 집 한 채가 필요한 누군가를 위해서였다.

장마는 오늘 시작되었고, 앞으로도 비가 오는 날이 잦을 것이다.

사물 편지

면봉

어느 한가로운 주말 오후였습니다.

우리는 밝은 볕 안에 누워 서로의 귓속을 닦아주었습니다.

자기는 볼 수 없는 자신의 가장 은밀한 속살을,

그 깊은 속사정을 서로 살펴주는 일이었습니다.

귀가 가려운 것은 누군가가 내 얘기를 하기 때문이라더군요.

그 주말 오후가 그리울 때면 혼잣말로 당신 이야기를 합니다.

귓속이 가려워진 당신이 나를 찾고,

한가한 햇빛도 우리에게 놀러 오는, 봄볕 같은 꿈속에서

간지러운 것은 귓속만이 아니었습니다.

나가며

 사물들의 이야기를 들으며, '듣는 일'에 관해 생각했다. 듣는다는 것은 곧 스미는 일이었다.

 보통 '듣는다'라는 동사는 말이나 소리와 연관되지만, 약 따위가 효험을 나타내는 것을 의미하기도 한다. 말을 듣는 것이 마음의 작용이라면, 약이 듣는 것은 몸의 작용이다. 말은 마음에 스미고, 약은 몸에 스민다. 말을 흘려듣는 것은 그 말이 마음에 스며들지 않아서고, 약이 잘 듣지 않는 것은 약효가 몸에 스며들지 못해서다.

 세상에 똑같은 말이나 똑같은 약은 없다. 말도 약도 받아들이는 사람에 따라 전연 달라진다. 그래서 듣기 좋은 말도 가려서 해야 하고, 같은 병에 대한 처방도 환자마다 다른 몸 상태를 신중히 따져야 한다. 좋은 말과 좋은 약은 따로 있지 않다. 내 마음에 잘 스미면 명언이고, 내 몸에 잘 스미면 명약이다.

'든는다'라는 말은 빗물이나 눈물 따위의 액체가 방울져서 떨어지는 모습을 일컫기도 한다. 역시나 든는다는 것은 곧 스미는 일이다. 비 내리는 풍경과 빗소리가 어떻게 우리의 기분을 적시는지, 당신의 눈물이 어떻게 내 마음을 물들이는지를 떠올리면, 비도 눈물도 왜 든는 것인지 이해할 수 있다. 세상을 적시는 빗줄기와 우리 마음을 물들이는 눈물만큼 잘 스미는 것이 달리 없다.

　옛날에는 냄새를 맡는 일도 '든는다'라고 했다. 곰곰이 헤아려보니 이목구비 중에서 눈과 입은 우리 뜻대로 여닫을 수 있지만, 귀와 코는 늘 어찌할 수 없이 열려 있다. 또 소리와 냄새는 둘 다 눈에 보이지 않는다. 옛사람들이 냄새도 소리처럼 든는다고 한 것은 이런 공통점 때문일까.

말과 약이 우리의 마음과 몸에 스미는 것도 우리가 어찌할 수 없는 일이다. 그렇게 마음과 몸에 스며든 것은 우리와 하나가 되어 눈에 보이지 않는다. 그리고 보면, 악수나 포옹을 할 때 서로에게 스미는 마음과 체온도 우리가 어쩔 수 없고 또 눈에 보이지 않는다.

악수를 듣는다. 포옹을 듣는다. 내게는 이 말이 그럴싸하다. 당신의 마음에도 들었으면 좋겠다. 더불어 이 책을 보는 것이 읽는 일이 아니라 듣는 일이었다면 더할 나위 없겠다.

점, 선, 면 다음은 마음

사물에 깃든 당신에 관하여

ⓒ 이현호

초판 발행 2023년 1월 31일

지은이 이현호

편집 임지원

디자인 와이겔리

펴낸곳 도마뱀출판사

펴낸이 조동욱

등록 제2007-000083호

주소 03057 서울시 종로구 계동2길 17-13(계동)

전화 (02) 744-8846

팩스 (02) 744-8847

이메일 aurmi@hanmail.net

블로그 http://blog.naver.com/ybooks

인스타그램 @domabaembooks

ISBN 979-11-975351-5-4   03810

＊이 도서는 2022년도 한국문화예술위원회 아르코문학창작기금(발간지원)
사업에 선정되어 발간되었습니다.